집이라는 소중한 세계

호미네 계절집

집이라는 소중한 세계

호미네 계절집

김희경·이지훈
지음

아오

차례

없어서 있는 것과

변하면서
변하지 않은 것

직장인인 내가 전원주택에 살면서 가장 많이 받는 질문은 출퇴근 시간이 얼마나 걸리는가 하는 것이다. 서울 삼성동에서 양평 우리 집까지는 정확히 49킬로미터, 출퇴근 왕복으로 따지면 약 100킬로미터다. 거리는 달라질 일이 없지만 시간은 교통 상황에 따라 변동 폭이 크다. 안 막히면 50분, 월요일 출근길이면 그 두 배가 걸리기도 한다. 나는 가급적 안 막히는 시간대를 이용해서 편도 평균 한 시간 정도를 예상한다.

직장인에게 출퇴근 거리와 수단은 삶의 질에 크게 영향을 미칠 것이다. 그래서인지 간혹 출퇴근 시간이 나의 3분의 1 정도밖에 되지 않는 사람들은 조심스럽게 너무 힘든 삶을 선택한 것이 아니냐는 의중을 내비친다. 남들이 가엾게 여길까 봐, 혹은 내 처지를 더 낫게 보이려고 시간을 줄여서 얘기하거나 우리 집으로 가는 길에는 별로 막히는 구간이 없다는 구차한 설명을 덧붙이지는 않는다. 그냥 한 시간이다. 그 한 시간은 음악 앨범 한 장을 골라 듣거나 〈배철수의 음악캠프〉를 듣기에 딱 좋은 시간이다.

두 번째 많은 질문은 비용에 대한 것이다. 땅 구입 비용과 집 짓는 데 든 비용을 궁금해한다. 그리고 집값이 얼마나 올랐는지도. 사실 재산을 증식하는 수단과는 정반대의 방식으로 전원주택을 선택한 것이기에 집값이 올랐냐는 질문은 당혹스럽다. 뭐라고 대답해야 할지 모르겠다. 전원주택은 아파트처럼 시세가 있는 것도 아니고, 팔려는 시도를 해본 적이 없으므로 모르는 게 당연하다. 또한 아파트처럼 똑같은 구조, 똑같은 자재로 지은 것이 아니어서 주택마다 사정이 다르다. 콘센트 하나에도 천 원짜리가 있고 2만 원짜리로 지은 집이 있으니까. 아무튼 집값의 오르내림에 따라 사람들은 정치 신념이 이리저리 바뀌기도 하고, 노후 계획도 바뀌니 인생에서 집값은 대단히 중요한 문제이긴 하다. 따라서 이 질문은 너무 물정 모르고 사는 내게 경각심을 불러일으키는 계기가 되기도 한다.

진짜 삶으로 한 발짝 들어오면 서울과 너무 멀어서 집값이 오르지 않는 이곳에는 없는 것이 많다. 우선 도심과 직접 연결되는 버스나 지하철이 없다. 우리 집에는 내 차와 아내 차 두 대의 승용차가 있기 때문에 불편하다고 생각한 적은 별로 없다. 다만 대중교통이 없으니 대리운전 서비스를 이용하기가 어렵다. 방법이 아주 없는 것은 아니지만 늦은 밤에 힘들게 되돌아가셔야 하는 기사님을 생각하면, 그냥 술을 안 먹고 말 일이다.

중국 음식이나 치킨 배달이 안 되는 것 또한 아쉽다. 비대면 시대에 더욱 다채로워진 배달 앱 서비스에서 배제된 삶을 살아야 한다. 배달 앱의 무궁무진한 서비스 확장에 그다지 관심은 없지만 애용하는 치킨집 번호 하나가 없다는 건 정말 아쉬운 일이다. 그리고 이곳에는 학원이 없다. 누군가에겐 절대로 이곳을 선택할 수 없을 결정적 결핍일 것이다. 그렇지만 나와 아내에게 이 환경은 전혀 아쉽거나 안타까운 일이 아니다. 학원 대신 마을 사람들이 나무와 밧줄로 만든 생태놀이터가 있고 '따계(따이빙 계곡)'라 불리는 개울이 있다. 학원가에 길게 줄지어 기다리는 차 배기음 대신, 학부모들의 담소가 있고 나눔이 있다.

없어서 이곳에 왔다. 사람이 많지 않으니 대중교통, 배달 음식점, 학원이 없는 것이다. 대신 꽃과 나무, 새소리와 물소리, 숲과 하늘의 경계를 볼 수 있는 전망이 있다. 층간 소음 대신 집 안팎에서 마음껏 뛰노는 아이들이 있다.

이것저것이 없는 곳에 우리만의 것을 채우고 싶었다. 그렇게 한적한 곳에서 벌써 만 3년을 살았다. 애초의 계획은 우선 10년이었다. 아이가 초등학교 6년을 보내고 중학교 3년을 보내는 시간을 더한 것이다. 초등 및 중등 교육은 같은 소재지에서 해결이 되는데, 아쉽게도 고등학교는 없는 지역이다. 다른 면에 있는 고등학교를 다니기엔 통학 거리가 제법 멀어 아이와 부모가 동시에 고생할 수 있기 때문이다. 10년 후의 삶과 터전은 그때 다시 정하는 것으로…….

그렇게 이곳에 왔다. 그런데 세월 빠르다. 벌써 10년

중 3년이 지났다. 한 번쯤 짚어보기에 딱 적당한 시기 아닐까? 무엇을? 삶을, 터전을, 아내와 나의 생각을, 아이의 생각을……. 아, 그리고 집값도 꼭 따져봐야겠지!

먼저 가볍게 둘러본다. 그사이 아내가 가꾸는 정원이 꽉 찼다. 빈 곳 없는 초록에 마음이 여유로워진다. 내가 채워 나가는 음반 수납장이 벌써 꽉 찼다. 평생을 써야 하는 수납장이 꽉 찬 것을 보니 마음이 초조해진다. 그간 변한 것은 무엇이고, 또 변하지 않은 것은 무엇일까?

2022년 가을
이지훈

행복의 모양:
희경의 로망

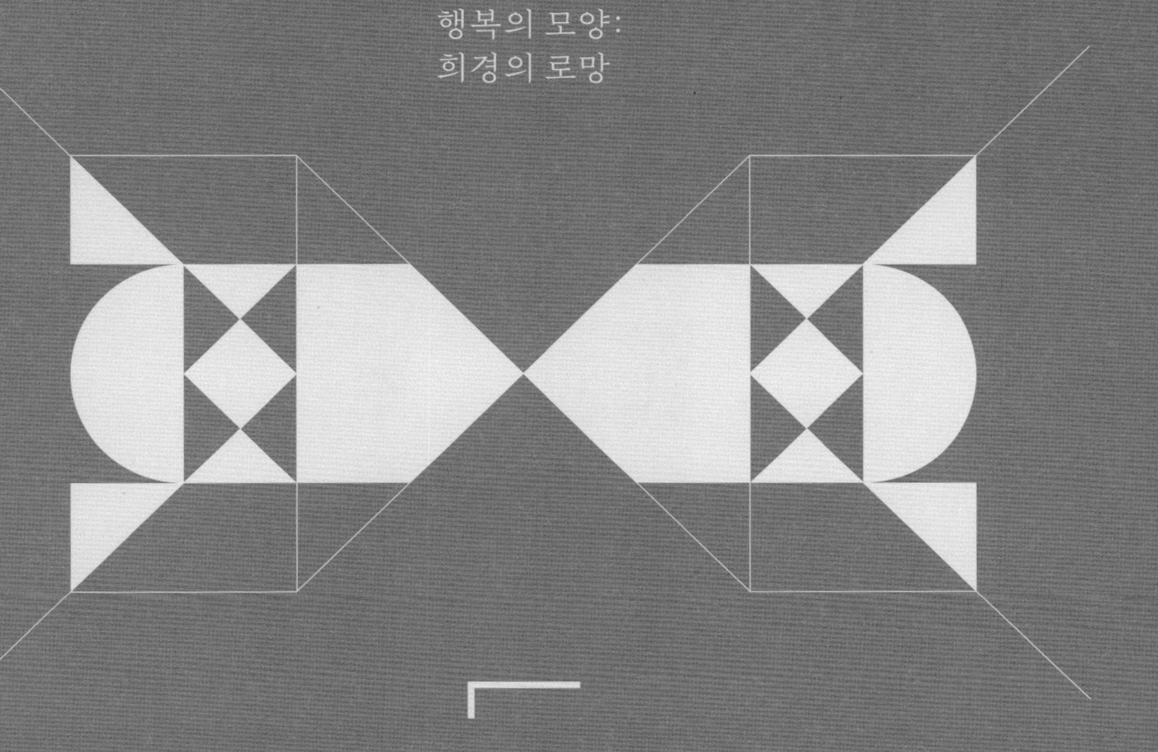

음악을 좋아하는 여자친구를 원하지 않나요?

그에 대한 정보는 음악에 관한 것과 사진 한 장이 전부였다. 취미 항목에 흔히 적는 그것과는 사뭇 다른, 음악에 진심이라는 동갑의 남자. 재즈를 좋아한다는 다소 생소한 취미를 가진 그를 만났다. 하얀 피부에 곱상한 얼굴의 그였지만 반대로 거친 톤의 목소리는 큰 매력으로 다가왔다.

호기심이었을까, 호감이었을까? 전혀 다른 우리가 만났다. 나중에 알게 된 사실이었는데, 전날 위내시경을 받다가 성대에 상처가 났고, 그로 인해 나를 만나고 두어 달 동안은 거친 목소리로 살아야 했던 거다. 시간이 지나자 원래 차분한 목소리로 돌아왔다. 우린 입맛도 취향도 심지어 웃음 코드도 달랐다. 어떤 까닭인지 이토록 달랐음에도 단 한 번도 다름을 문제라고 인식하지 못했다. (그때는 왜 몰랐을까. 하하.) 아마도 우리는 그렇게 이어질 인연이었나 보다.

"음악을 좋아하는 친구는 많아요. 여자친구까지 좋아하지 않아도 돼요."

그렇게 우리는 지금까지 시시콜콜한 것을 나누고 애쓰며 즐기고 위로한다. 그리고 각자의 시선으로 적당한 비웃음과 무관심을 조미료 삼아 그렇게 함께 살고 있다.

세상의
모든 계절

지루해질 때면 이따금 집을 보러 다녔다. 꿈을 꾼다는 건 답답한 일상에 환기 같은 일이니까. 빌라, 주택, 집 지을 토지……. 뭐 딱히 정해 놓은 건 없었지만 단 한 가지 조건은 '신도시만 아니면 된다'였다. 깍두기 잘라 놓듯 딱 떨어지고 모든 것이 말끔한 신도시는 내게 흥미나 설렘을 주지 못했다. 처음부터 지금 같은 전원을 생각했던 건 아니다. 가까운 도심에서 우리와 어울릴 듯한 동네를 찾았다. 가장 좋았던 곳은 종로였다. 불편한 구도심에 자리한 동네, 언덕과 막다른 골목이 많고 사람 하나 지나가기도 벅찬 골목들, 정형화되지 않은 낮은 집들과 동네의 오랜 정취에 빠져 마치 프리마켓을 뒤져 보물을 찾듯 틈만 나면 청운동, 옥인동, 구기동, 평창동 구석구석을 돌아다녔다.

그날은 사촌동생 부부와 함께 씨네큐브에서 영화를 한 편 보고 청운동으로 슬슬 걸어가 내 눈에 들어온 보석 같은 땅을 본 후 저녁을 먹으며 두런두런 이야기를 나눌 참이었다. 두 부부 모두 전쟁 같은 육아 중에 시간을 낸 것이라 아끼고 아껴야 하는 귀한 시간이었다. 평소에 같은 영화를 보고 서로의 시선을 담은 이야기를 즐겨 나누며, 각자 살고 있는 집에 애착이 컸던 우리에게는 흥미로운 일정이었다. 그날 우리가 본 영화는 지금까지도 내게 인생 영화로 남아 있는 마이크 리 감독의 〈세상의 모든 계절〉이었다. 우리는 영화를 보고 산책하듯 걸어서 청운동으로 갔다. 고즈넉한 청운동에서 어쩌면 마지막으로 보게 될지도 모르는, 쓰러질 듯한 적산가옥이 버티고 있는 그 땅을 함께 보았다.

"아마 청운동에 신축을 할 만한 토지는 이제 거의 없을 거야. 여기에 3층짜리 땅콩주택을 지어 2, 3층에서는 우리가 살고 1층은 아뜰리에나 사무소로 임대를 한다면 대출 이자를 낼 수 있을 것 같아. 집으로 들어가는 골목은 우리만 사용하니까 벽돌 계단과 작은 화단을 만들어 들꽃을 심고 싶어. 바로 옆에는 청운동에서 유일한 아파트가 있어. 약간의 주차비를 내고 아파트 주차장을 이용하면 된대. 어때, 너무 멋지지 않아?"

한껏 꿈에 부풀어 동생 부부에게 계획을 설명했다. (지금 생각해도 그곳은 참 반짝이는 공간이었다.) 멈추지 않을 듯하던 나의 종알거림을 끝내고 우리는 종로 시내로 나와 오래된 치킨집에 자리를 잡았다. 청운동 이야기를 뒤로 하고 영화 이야기가 시작되었다.

"난 제리가 차갑게 느껴져……."

내가 먼저 이야기를 꺼내자 이어서 지훈이 말했다.

"영화 좋네, 톰과 제리는 거의 부처던데? 민폐 캐릭터인

메리 같은 사람들이 의지하고 싶을 만큼 그들이 성숙한 사람이라는 거겠지."

대화의 주된 주제는 제리 부부와 제리의 직장 동료 메리와의 관계에 대한 이야기였다. 행복한 가정을 꾸리고 더할 나위 없이 평온하게 지내는 톰과 제리, 그리고 외로움과 불안정함을 안고 한없이 제리 부부에게 의지하려는 위태로운 메리. 톰과 제리 부부는 메리를 가엾게 여기며 친절을 베풀지만 메리가 넘지 말아야 할 선을 넘었을 때 순식간에 차가워졌다. 어쩌면 처음부터 그들에게 메리는 불청객이 아니었을까? 솔직하지 못한 친절이 나에게는 어느 정도 위선으로 다가왔다. 모든 것을 갖춘 듯한 그들 앞에 온전하게 버텨 서지 못하고 연신 흔들리는 메리의 외로움이 서늘했다. 어쩌면 나는 제리와 메리의 중간, 그 어디 즈음의 사람일 텐데 나의 못난 구석을 갖고 있는 메리에게 마음이 더 쓰였는지도 모르겠다. 영화는 친절하지 않았다. 노년의 냉혹한 현실을 마주한다는 건 불편했고, 누군가는 한없이 의지하려 하고 누군가는 일방적으로 보듬어주는 관계의 꼬임은 지극히 현실적이었다.

어느 순간 〈세상의 모든 계절〉은 내 영화 감상의 기준이 되었다. 아주 평범한 모두의 B급 일상을 관망할 수 있는 홍상수 감독의 영화를 즐겨 보던 나에게 이 영화는 또 다른 심미적인 부분까지 채워주었기 때문이다. 내가 좋아하는 요소로 가득 찬 영화였다.

몇 년 후 다시 본 영화는 여전히 나를 불편하게 했다. 어쩌면 우리는 평온한 톰과 제리가 아닌 메리와 더 닮아 있는지 모르겠다. 행복하다 말하지만 외로움에 몸서리치는 메리와 자기 관리를 포기하고 일상이 무너져버린 켄, 아내의 죽음과 자식과의 단절로 차갑게 식어버린 표정만 남은 톰의 형까지……. 결핍이 있는 그들은 우리 모두의 인생을 노골적으로 투영했다. 그렇게 나의 어떤 모습과 마주한다는 공감이 이 영화를 다시 찾게 한다.

영화의 또 다른 매력은 집이라는 공간을 두고 이야기가 전개된다는 것이다. 누구에게도 아늑할 그 집에서 사계절의 흐름과 함께 평범한 인생을 완성도 높은 구조로 이야기한다. 집이라는 공간에서 벌어지는 매일의 모습은 굳이 내일이 아니라 오늘의 시간에서 충분한 행복을 찾게 한다. 텃밭 일을 하다 봄비를 피한 오두막에서, 녹음이 짙은 여름의 향연 속 정원 파티에서, 가족의 죽음을 맞닥뜨린 상실의 마음이 모인 자리에서, 싸늘함이 묻어나는 회색빛 겨울 온실에서 마주하는 고독한 영혼들에게……. 그들이 움켜쥔 따스한 잔은 마치 인생의 모든 장면에 온기를 한 방울씩 더하는 듯하다. 그렇게 영화는 쓸쓸한 마음을 어루만진다.

이 영화처럼 우리의 모든 계절에도 온기 한 방울 톡, 스미기를 빌어본다.

만져지는
시간

아침에 눈을 뜨면 몸이 가뿐하기를 바랐지만 역시나 어제와 같은 오늘이다. 오복이가 우리에게 찾아오고는 24시간 멀미를 하는 컨디션으로 버티는 하루하루가 이미 100일을 훌쩍 넘기고 있다. 물 한 모금 마시기도 겁이 나니 시간을 태우는 게 걱정이다. 이럴 땐 내 몸에 집중하기보다는 좋아하는 것을 찾아 정신을 흐트러뜨리는 게 좋다. 얼마 전부터 가보고 싶던 보물창고가 생각났다. 내 눈을 반짝이게 할 만한 소품들이 잔뜩 있는 곳이라면 울렁이는 속도 잊을 수 있을 거야.

"여보, 가자!"

오랜만에 찾은 상수동은 여전했다. 후미진 골목, 어렵게 찾아 들어간 그곳은 내가 상상했던 곳은 아니었다. 말끔하고 그럴듯해 보이지만 막상 하나하나 들여다보면 그저 흉내를 낸 물건들만 가득했다. 이 많은 예쁜 녀석들을 언제 다 살펴보나 싶게 가슴 두근거리게 하는 나만의 보물창고는 아니었던 거다. 한 번 쓱 둘러보는 데 1분도 안 걸렸을 곳이지만 짧지 않은 길을 망설임 없이 함께 나서준 지훈에게 미안한 마음에 허탈함을 감춘 채 시간을 애써 늘리고 늘려 5분 정도 더 둘러보았나 보다. 멋쩍은 마음으로 막 나가려던 순간 내 시선에 붉은 원단이 들어왔다. 바랜 듯 선명한 다홍빛이 대충 보아도 눈에 꽂힌다. 그래 너다.

마음에 드는 원단을 두 장 들고 와 주방 창에 걸었다.

'오복아, 오늘은 엄마 괜찮을까?' 볕이 들어오는 시간, 색과 빛은 물이 되어 바람에 일렁인다. 물이 닿고 흘러 표현하는 색을 감상하며 물 한 잔을 마셨다. 주방 쪽창으로 눈부신 빛이 그림처럼 들어온다. 편치 않은 속을 잠깐 잊는다.

지금 집의 1층 계단 아래에 오복이의 공간을 두었다. 아직 엄마의 곁이 필요한 아이의 공간이 1층에 하나쯤은 필요했다. 엄마가 주방에 있는 시간이면 이곳에 주로 머물며 그림을 그리고 책을 읽거나 간식을 먹는다. 그리고 때때로 아니 자주 엄마에게 편지를 써준다. 박스 한가득 차곡차곡 모아 놓은 편지는 아이가 내 품을 떠났을 때 엄마의 노후대책이다. 다가오는 것들에 대한 기대와 지나간 시간을 만지며 행복해할 수 있다는 건 우리의 사물들에 이야기가 담겨 있어서가 아닐까? 아이가 머무는 공간은 아이와 함께 자란다.

봄을 보내고 다음 해 봄을 기다리며 여전히 나는 설렌다. 겨우내 마른 듯했던 가지에서 움트는 생명을 목격한다. 피었던 꽃이 다음 해에 더 많은 꽃을 피우기도 하고, 무성했던 지난해와 달리 한없이 초라할 때도 있다. 무럭무럭 자라는 풍성함의 환희와 남은 기력을 다한 듯한 앙상한 애잔함을 동시에 교감하며 사계절을 오롯이 느낀다. 자라는 아이 또한 계절처럼 시간을 남기고 흘러간다.

그의 방

'결혼식은 왜 하는가?' '예물은 왜 필요한가?'

서른여섯, 나는 결혼 절차의 필요성을 별달리 느끼지 못했다. 아마 오래전부터 그랬던 것 같다. 인생을 살며 치르게 되는 이벤트들을 떠올려볼 때면 나의 머릿속에는 핑크빛 환상이 아니라 눈 질끈 감고 잘 넘겨보자는 다짐이 앞섰다. 하지만 의미 없다고 느껴지는 절차에 의문을 제기하며 피해갈 용기도 없었다. 그렇게 양가 가족들에게 자연스러울 법한 순탄한 결혼 준비가 시작되었다. 우리의 첫걸음에 있어 어떤 잡음도 만들지 않기 위한 최선의 선택이라고 생각한 것이다. 좋은 게 좋은 서른여섯의 결혼 준비였다. 어울리지도 않고 관심도 없는 하얀 드레스를 입고, 대부분은 초면인 하객들 앞에서 입장을 해야 하고 축하를 받아야 하다니 인생 최고의 민망한 순간이 될 것이 뻔했다. 아이러니하게도 나에게 가장 중요한 '그날' 말이다.

아무튼 그런 과정에서 나를 유일하게 설레게 한 건 남편의 예물을 좋은 스피커와 빔 프로젝터로 결정한 일이었다. 손가락에 끼는 거추장스러운 보석보다 이 얼마나 의미 있는 선택인가. 신나는 일 하나쯤 있다면 눈이 번쩍 뜨이고 없는 체력도 만들어내는 내가 아니던가. 우리 집 작은 방 하나는 그렇게 음악방이 되었다. 마치 우리 몸의 장기처럼 당연한 듯 자리 잡은 음악방은 우리의 첫 집, 두 번째 집, 지금의 세 번째 집에까지 자리를 잡고 있다. 예물 한 보따리는 스스로 속성 성장해 집과 한 덩어리가 되었다. 언제나 지훈의 변처럼, 돈은 별로 들지 않고 말이다. 허허.

원거리 출퇴근을 함께하던 우리 부부는 출퇴근 길 차 안에서 하루 세 시간이 넘도록 많은 대화를 나눴다. 공감과 위로, 비난과 힐난이 난무하던 시간들. 36년을 각자 살아온 남과 여가 어찌 다르지 않을 수 있겠는가. 별 보고 출근해 늦은 귀가를 함께하던 우리에겐 적막한 혼자만의 시간과 좋아하는 음악으로 가득 찬 그 방이 아주 적당하게 필요했다. 돌이켜보면 각자의 방, 각자의 시간은 우리에게 큰 위로였다.

어떤 날, 아마도 퇴근길, 차창 밖으로 보이는 오래된 주택들이 그렇게 정겹게 마음에 들어왔다.

"여보, 난 주택에 살고 싶어. 마당 있는 집, 내가 가꾼 집에서 우리 가족의 시간을 담으며 오래오래 살고 싶어. 아이가 성장하고 나서 어린 시절을 추억할 수 있으면 얼마나 좋을까. 난 어릴 적 이사를 할 때면 살던 집 담벼락만 보아도 한참 동안 슬펐어. 내 살갗 같던 옷을 두고 가는 느낌 같았어. 그냥 한곳에 오래 살고 싶어. 가족에게 고향이 되어줄 집. 한없이 편안한 집."

"나도 좋아. 음악을 자유롭게 들을 수만 있다면……."

혼자 독백처럼 종알대던 내 얘기에 동의하는 남편의 대답은 의외였다. 그렇게 내 눈은 다시 반짝이고 입은 멈추지 않았다. 환영의 의미를 담은 물개박수와 함께 우리의 집 이야기가 시작되었다. 그러고 보니 남편은 그 한마디가 다였다. 언제나 그렇듯 약간의 반색은 불쏘시개로 충분하다. 빌드업이 특기인 나에겐. 목표가 생긴다는 건 참 설레는 일이다. 그 시절 우리는 궁리하고 도모하는 큰 즐거움을 만나게 된 것이다.

남편의 음악방은 때론 내 눈엣가시였다. 아이를 낳고 만 세 돌이 될 때까지 육아에 지친 나는 그 방을 집에서 도려내고 싶은 마음이 여러 번 들었다. 그럼에도 내가 그의 공간을 존중할 수 있던 건 음악에 대한 진심을 알고 있어서다. 쉽게 바뀌지 않는 꾸준한 취향, 한결같이 아끼고 귀하게 여기는 태도. 그래, 나는 그의 그런 묵직함과 평온함을 사랑하고 신뢰한 게 아닐까.

누가 내 몸에
태엽을 감았는가?

땅의 모양을 그리고 그 위에 평면을 얹는다. 둥둥 떠다니던 생각들을 주워 담아 현실적인 그림으로 정리해본다. 공간을 나누고 벽체 두께를 자로 재어가며 1센티미터, 10센티미터까지 세밀하게 그리자. 두어야 할 가구의 크기, 가족의 동선, 조화로운 비율, 사용자의 효율, 어느 것 하나 놓치고 싶지 않다. 현실은 건폐율 20퍼센트라니 무엇을 포기해야 하나? 어떤 공간에 인심을 쓸까? 색은? 질감은? 가격은? 실용성은? 결정, 결정, 결정. 바쁘고 바쁘다. 내가 선택해야 하는 수십 가지는 한 번 시공하면 바꿀 수 없는 것들이 대부분이다. 후회를 최소화하기 위해 집요하게 파고들고 집중하고 각종 도구를 사용해 시뮬레이션을 하며 최선을 다하다 보면 멀미가 날 지경이지만, 이 시간이 길어져도 좋겠다 싶을 만큼 집 짓기에 나는 능동적이었다.

집을 완공하고 한겨울 입주한 우리는 드디어 우리가 그린 그 공간에 살게 되었다. 지내며 '잘했구나'와 '아쉽구나'를 반복했지만 그래도 스스로 애썼다고 칭찬할 만큼은 되었다. 어느덧 겨울이 가고 봄이 오고 있었다. 집 안에 집중하던 시절이 지나고 땅이 녹기 시작하고 나서야 흙조차 정리가 안 된 마당이 눈에 들어왔다.

'콘크리트로 다 덮을까? 마당은 나가지 말까?' 그렇게 집 안에만 온전히 집중하는 동안 나에게 바깥 공간은 그저 남의 집이었다. 봄이 시작되고 더 이상 조경을 미룰 수만은 없었다. 항상 조심스럽기만 한 내가 무슨 용기였을까? 이 또한 디자인 영역인데 조경에 완벽한 문외한인 내가 무턱대고 나무를 사서 여기저기 심었다. 지금 생각해보면 그 누구보다 무식해서 용감했다. 집 설계를 위해 만났던 어떤 설계 소장님은 이런 말씀을 하셨다.

"제일 무서운 건축주는 처음엔 의견이 없다고 알아서 다 해달라고 맡기는 분이에요. 문제는 진행 중에 공부가 되고 설계에 눈을 떠서 작업은 중반이 넘어가는데 그제야 본인이 원하는 게 뭔지 보이기 시작하는 거야. 그럼 그동안 해놓은 건 허사가 돼요. 다시 시작이야."

내가 딱 그 꼴이다. 마당의 형태, 나무의 성질, 수형과 그 빛깔, 계절별 나무의 변화, 서로 조화로운 식물들, 각 창으로 보이는 화단의 위치 등 어느 것 하나 고려하지 않고 되는 것이 없었다. 그러다 보니 취향이나 콘셉트라고 할 것 없이 마구잡이로 심어둔 나무는 그 후로도 몇 번을 다시 심고 옮겨 심었는지 모른다.

나도 고생이지만 나무에게 많이 미안했다. 오늘은 최선을 다했지만 다음 날이 되면 그 어색함이 보였다. 지금 써내려가고 있는 글처럼 말이다. 그러면 나는 몸에 태엽을 감은 듯 마당에 나가 삽질을 멈추지 않았다. 화단마다 큰 나무들의 위치를 정하고 그에 어울리는 관목들을 심고 그 앞으로 다양한 색감의 여린 풀들을 레이어드한다. 화단의 경계는 무엇으로 할지 정해 돌을 옮겨 일렬로 두어보고 패턴도 만들어본다. 이게 무슨 사서 하는 고생이냐, 혹자는 말하겠지만, 어느새 나는 자연과 한 몸이 되어 있었다. 땀을 흘리는 즐거움, 매일매일 변화하는 자연과 함께한다는 그 신비로움을 무엇과 바꿀 수 있을까. 식물의 식자도 몰랐던 내가 나도 모르는 사이 그 즐거움에 푹 빠져 우리 집 마당도 내 마음도 풍요로워지고 있었다.

도시 생활을 접고 전원살이를 시작한다고 해서 당면한 삶의 문제들이 사라지지는 않는다. 여전히 풀어야 하는 숙제는 숙제로 남아 있다. 다만 달라진 게 있다면 해결에 급급하기보다는 땀을 흘리며 정신을 비우고 그 문제를 한 발 뒤에서 바라볼 수 있는 여유가 이 집에서 생겼다는 것이다. 어쩌면 결과적으로 빠른 해결에 도움이 안 될 수도 있겠지만 해결해가는 과정에서의 마음의 여유는 스트레스에서 조금 멀어질 수 있게 해주었다. 이것이 정원이 내게 준 균형감이 아닐까.

고요한 마당, 새소리, 물소리와 함께 호미질을 하며 무아지경에 이르는 호사를 누린다. 이것이 무릉도원이었구나. 빌딩숲으로 출근한 지훈에게 미안할 때가 많다. 물론 지훈의 집 생활은 마당보다는 음악방에 머물기이지만, 허허.

멈추게 하는
것들

32

어린아이가 있는 세 가족은 아늑한 기운의 평지 마을에 남향 땅을 구입했다. 대지의 형태가 사각형은 아니지만 활처럼 45도 구부러진 기다란 집을 앉히니 그 조화가 맞춤옷을 입은 듯 잘 맞았다. 독립된 다이닝룸을 중심으로 현관보다 살짝 내려앉은 아늑한 거실, 가족 공동 공간과 어느 정도 분리된 듯한 남편의 음악방, 그리고 실용적인 2층의 구조. 염려했던 것과 달리 이 모든 진행에는 막힘이 없었다. 아마도 우리의 니즈가 분명했기에 가능했을 것이다. 짧은 시간은 아니었지만 그렇게 평면이 완성되어가고 고지가 앞에 보이는 듯했다.

자, 이제 창을 배치해볼까? 창은 가장 큰 인테리어다. 창은 그 자체로 아름다울 수 있다. 거기에 패브릭이 더해지는 모습을 상상해보자. 시야를 틔우면 공간에 확장감을 더해주고, 시시각각 변하는 볕은 세상에서 가장 아름다운 조명이 된다. 세상에나, 창 하나로 뭐 이리 멋질 일인가? 역할을 이렇게 많이 부여했으니 이제부터 그에 걸맞은 창을 배치해보자. 우리에게 완벽한 창은 무엇일까?

머릿속에 떠다니는 느낌은 많지만 막상 한국의 아파트 생활이 대부분이었던 내가 경험해본 창의 형태는 한정적이었다. 더욱이 상상만으로 그려 넣을 수 있는 건 아니다. 예쁘기만 한 창은 기능이 떨어지는 경우가 대부분이고, 예쁘고 기능이 좋은 건 엄두조차 낼 수 없을 만큼

비쌌다. 그동안 제법 물 흐르듯 진행되었던 것과 달리 창은 시작과 함께 막혔다. 창에 대한 기대가 사람마다 다를 텐데, 우리의 큰 기대는 고난의 시작이었다.

칼을 뽑았으니 무처럼 생긴 창이라도 찾아보자. 먼저 내가 좋아하는 분위기의 공간엔 주로 어떤 창들이 조화롭게 배치되어 있는지 수많은 자료를 찾았다. 벽 전체를 가득 채우는 통창에 대한 로망은 처음부터 없었다. 내가 생각하는 아늑한 공간은 모던하고 시원한 느낌의 창보다는 공간마다 작은 창들이 조화를 이루며 트리밍되는 풍경이 있어 액자에 담긴 그림을 보듯 발길을 멈추면 좋겠다는 것이다. 작고 많은 창으로 들어오는 볕과 그로 인한 그림자는 공간에 조형적 아름다움을 더할 것이다. 더불어 작은 창에는 일반적인 커튼이나 블라인드가 아닌 내가 원하는 패브릭들을 맘껏 더해 늘어뜨릴 수 있을 것이다. 창을 열어 풍경을 들여올 때, 혹은 가리개 커튼을 펴놓았을 때, 우리의 공간에 색을 입혀줄 뿐 아니라 그 자체로 변화하는 그림이 될 것이다.

원하는 느낌의 창을 찾았으니 적당한 크기와 비율을 정해야 했다. 살고 있던 아파트 통창에 두꺼운 마스킹 테이프를 붙여가며 실제 크기로 형태를 만들어 크기를 가늠해보고, 이런저런 스케치를 통해 시뮬레이션도 해보았다. 이 창에는 어떤 패브릭이 걸릴지, 창 주변에는 어떤 소품과 가구를 배치할지, 창 위에 어떤 선반을 둘지, 하나하나

간격과 크기를 세밀하게 따져보며 우리만의 창을 계획했다. 이렇게 정한 창을 도면에 얹어 갔을 때, 설계 소장님은 이렇게 말씀하셨다.

"난 이 집 창은 하나도 모르겠어!"

고집스러운 건축주를 결국 말리지는 못하겠고 더 이상 관여하고 싶지 않은 듯한 모습에서 그분의 피로감이 고스란히 느껴졌다. 하지만 '이런 창들이 왜 별로일까?' 하는 의문은 그때나 지금이나 변함없다. 아쉬운 건 마지막까지 어려웠던 방의 창이다. 안전한 선택보다 세로 창을 과감하게 선택했어야 했다는 생각 때문이다. 적당히 닫혀 아늑한 침실의 기능과 남으로 열린 창을 통해 볕을 깊숙이 받아 화사한 빛깔의 공간이 되어주는 것을 생각했지만, 지금의 창은 너무 크게 가로로 자리 잡고 있다. 물론 시원한 조망을 보여주는 지금의 창도 큰 장점을 갖고 있다.

장마가 지나가고 한여름의 폭염 속에서 글을 쓰고 있다. 숨이 턱턱 막히는 더위가 오늘은 한풀 꺾이고 마치 가을날처럼 청명한 볕과 시원한 바람이 있다. 컴퓨터 자판을 두드리던 내 손이 문득문득 멈춘다. 창밖 바람에 흔들리며 반짝이는 오리나무 잎을 방 창을 통해 바라보고, 북쪽 창으로 들어오고 남쪽 창으로 흘러가는 바람 가운데에서 이 모든 것을 느끼고 있다.

노, 제너럴

오랜만에 현금이 조금 생겼다. 최근 몇 년간 어디를 가나 주식에 대한 이야기가 가득하고, 주식을 하지 않으면 벼락 거지 소리까지 듣는 마당이다 보니 우리도 당장 대출을 갚기보다는 주식에 넣어두고 조금이라도 불려보자는 데 합의를 했다. 미국 주식이 좋다던데? 조각 정보들만 가지고 다짜고짜 미국에 계신 형부에게 연락을 했다. 20년 넘게 미국에서 거주한 형부는 본인이 바라보는 미국 주식에 대한 관점을 이야기해줬다. 지금 주식 시장의 상위권에 있는 기업들은 거품이 상당하다고 본다며 과거의 영광을 가졌던 전통적인 미국 기업을 추천하는 내용이었다. 그 기업들은 희한하게도 'general'이라는 공통적인 단어가 들어갔다. 테슬라의 우주선 같은 자동차보다는 제너럴 모터스의 캐딜락을 사랑하는 형부의 취향은 어쩜 나의 취향과도 닮아 있었다.

"난 GE(General Electric)가 결국 잘 될 거라고 생각해. 그동안 부실한 사업을 정리하며 몸체 줄이기를 잘 해냈고 앞으로 코로나 리오프닝과도 관련이 있는 항공 산업 분야에 집중하고 있잖아. 이미 실적이 좋지 않았던 가전 부문도 정리를 했고……."

"네? GE에서 이제 냉장고를 만들지 않는다는 말씀이에요?"

"가전 사업은 이미 아시아 기업들에게 밀려난 지 오래야."

맙소사! 세상에서 가장 아름다운 냉장고를, 그 아름다운 냉장고는 우리 집에도 있는데……. 날로 발전하는 한국의 냉장고가 아닌 구닥다리 GE 냉장고에 대해 찬사를 멈추지 않는 나에게 언니는 이해할 수 없다는 듯 말했다.

"이곳에도 대부분의 가정에서 한국 브랜드 냉장고를 사용한단다…… 쯧쯧."

인스타그램 DM을 통해 한 리서치 회사에서 연락이 왔다. 꽤 큰 기업의 가전 브랜드에서 소비자 시장 조사를 하는데 나와 인터뷰를 했으면 한다는 내용이었다. 간단한 설문 정도로 생각하고 수락했지만 시작하고 보니 제법 큰 규모의 일이었다. 관련 부서 분들이 우리 집에 모여 우리의 라이프스타일에 대해 듣고 또 영상 기록까지 하는 것이었다. 멍석이 깔리고 나는 주절주절 이야기하기 시작했다. 가족은 무엇을, 누구와, 어떻게, 언제, 어디에서, 왜 하는가에 대한 답을 늘어놓는 것이었다. 물론 질문 중에는 가전에 대한 나의 취향을 묻는 것도 빠지지 않았다. 사적인 대화에서는 이런 취향에 대한 질문에 굳이 디테일한 설명을 하지 않지만 이 대화는 나의 취향을 속속들이 말하는 것이 중요했다. 모처럼 눈치 볼 것 없이 개인의 취향을 나열했다.

"우리 집 가전 중 제가 가장 사랑하는 건 냉장고예요. 결혼하며 들인 혼수이니 벌써 10년 정도 사용했네요. GE에서 요즘 나오는 냉장고는 아쉽게도 아이보리 색상이 아닌 푸른 화이트라 걱정이에요. 고장이라도 나면 다음에 구입할, 눈에 들어오는 모델을 찾지 못했어요. 제가 GE의 냉장고 디자인이 최고라고 생각하는 건, 우리 집에 어울리기도 하지만 멋 부리지 않은 멋스러움이 좋아서예요. 냉장고 본연의 디자인이라고 하면 이상한 표현일까요? 오리지널을 간직한 그런 것이죠. 저의 취향에 대해 스치듯 본다면 그저 빈티지와 레트로한 것들을 좋아한다고 판단하기 쉬워요. 낡고 오래된 걸 좋아하지만 그 두 분류에 국한시키는 건 적당하지 않고요. 저는 제품의 기능과 심미성의 밸런스를 갖춘 디자인을 좋아합니다. 개성보다는 보편적이고 차분한 디자인을 선호한다고 생각해요."

리서치를 마치고 시간이 흐를수록 업무상 중요한 시간이었을 그분들께 죄송한 마음이 들었다. 아무리 생각해도 나는 어느 한 그룹의 보편적인 리서치 모델이 되기에는 부적합하기 때문이다. 형부에게서 주식 종목에 대한 관점을 길게 들으면서 '아, 이분 나와 닮았다'는 생각을 했다. 어려서부터 내가 선택하는 제품은 쉽게 단종이 되고, 내가 찾는 카페는 자주 폐점했다. 형부에게 죄송하지만 추천해주신 기업에 투자하는 것은 접기로 했다. 투자는 제너럴하게 해야겠다는 생각에서.

오랜만에 대학 동기들이 놀러왔다. 늦은 밤까지 수다는 이어질 것 같았지만 자리의 끝물에 코로나로부터 자유롭지 못했던 중년의 몸뚱이들은 피곤을 이기지 못하고 일찌감치 잠자리에 들었다. 이부자리가 마땅하지 않아 한 친구는 거실 소파에서 잠을 청했다. 아침에 일어나 보니 친구는 이미 집으로 돌아가고 없었다. 침실이 모두 2층에 있다 보니 인기척 없는 1층 소파에서의 잠자리가 편치 않았던 거다. 고요하고 칠흑 같던 밤, 냉장고의 굉음에 덜덜 떨며 잠 한숨 못 자고 도시의 집으로 돌아갔다는 후문이다. 먼 길 왔다가 불편한 밤을 보내고 또 먼 길을 간 친구에게 미안했다. 뭐 그렇다고 냉장고를 바꾸겠다는 건 아니다. 하하.

2

우리를 닮은 집:
지훈의 꿈

들뜬
눈빛과 목소리

연애 시절, 서로에게 익숙해질 즈음 아내가 캠핑 얘기를 꺼내기 시작했다. 포석을 까는 것이라고는 생각하지 못했다. 단지 특정 부류의 사람들에 대해 그리고 새로운 유행에 대해 얘기하는 줄 알았다. 캠핑이라는 주제는 좀처럼 사그라지지 않았다. 우리도 해볼까? 도심의 복합 쇼핑몰에서 최신 영화를 보고 쇼핑하는 것을 좋아하는 나는 본심을 피해 에둘러 대답했던 것 같다.

아내는 한 번 꽂힌 일을 집요하게 몰아붙이는 능력이 있다. 어느 날 우리 집으로 캠핑 장비가 한꺼번에 도착했다. 원룸 이사도 이 정도는 아니겠다 싶을 만큼 많은 장비가 현관 앞에 쌓였다. 여기에 먹을 것만 준비하면 당장 떠날 수 있을 듯했다. 당시 함께 살던 부모님은 눈이 휘둥그레지셨고, 나는 이 사태를 얼버무리며 짐들을 창고로 옮겼다. 낯선 물건들에 호기심이 일기도 했지만, 옮기는 내내 다음 단계가 걱정되었다. 캠핑을 가려면 저 짐을 다시 테라스에서 현관으로 옮기고, 현관에서 엘리베이터를 통해 주차장으로 옮겨야겠지. 그러곤 주차장에서도 다 들어갈 것 같지 않은 트렁크에 잘 욱여넣어야 할 텐데……. 일명 테트리스 기술. 캠핑을 마치고 돌아오면 반대의 과정을 거쳐 다시 수납 장소로 옮겨야 했는데, 텐트가 비를 맞거나 이슬에 젖은 날에는 야외 주차장이나 옥상 같은 넓은 곳을 찾아서 말리는 작업이 추가되어야 했다. 젖은 장비를 케이스에 수납한 채로 베란다에 보관하면 반드시 곰팡이가 나고 역한 냄새가 날 테니.

그렇게 시작된 우리의 캠핑. 캠핑 자체는 즐거웠다. 맑은 공기, 둘만의 공간, 신기한 장비와 예쁜 소품들, 조촐하게 싸 온 음식들, 타프 아래 릴렉스 의자에서 마시는 와인. 고생한 보람이 있구나. 그러나 한두 번 해보니 캠핑은 더 이상 할 짓이 아니라는 생각이 들었다. 이건 뭐, 매주 이사를 하는 기분이었다. 잠시 잠깐의 낭만을 위해 벌이는 설치와 철수 작업, 그리고 그 앞뒤로 이루어지는 이삿짐 운반. 캠핑 한두 번 만에 의견 충돌이 생겼다.

어떤 정점을 위해 효율의 희생을 마다 않는 아내와 항상 효용 가치를 따지는 나와의 차이. 그리고 취향의 차이. 그러나 아내는 물러서지 않았다. 캠핑의 정취에 흠뻑 빠진 아내의 솔루션은 과감했다. 중고 미니밴을 구입해 항상 장비를 싣고 다니면 짐을 넣었다 뺐다 할 필요가 없지 않겠느냐는 얘기였다. 반박할 게 없었다. 그리하여 아내 명의의 첫 차는 뒷좌석 대신 짐칸이 있는 오래된 중고 미니밴이었다. 워낙 오래된 차종이어서 비용이 많이 들지 않았고 면허만 있고 운전은 할 줄 모르는 아내 입장에서는 중고차로 운전 연습을 하겠다는 허울 좋은 합리화도 되었다. 그러나 정작 운전 실력이 늘진 않았다. 그 미니밴의 거처는 항상 우리 집 아파트 주차장이었으므로.

캠핑은 보통 남자들의 로망이 아니던가? 팔 걷어붙이는 쪽이 남자이고, 여자는 화장실이나 잠자리의 불편함을 감수하고 그저 호응해주었다는 이야기 전개. 우린 반대였다. 아내는 서울 샌님, 도시 깍쟁이 남자친구를 데리고 캠핑을 하느라 분투했다. 아내 덕분에 만들어진 추억, 잊지 못할 소중한 순간들이다. 어느덧 우린 결혼을 했고 아이가 생겼다. 곧 셋이 될 우리 가족에게 뒷좌석이 없는 미니밴은 무용지물이었다. 한동안 육아로 인해 캠핑을 다닐 수 있는 여건도 안 되었다. 사실 그 이후로 캠핑을 가지 못했다.

아이가 대여섯 살쯤 되었을 무렵 아내는 다시 새로운 애기를 꺼내기 시작했다. 처음 캠핑 다니자고 제안할 때의 들뜬 눈빛, 목소리와 같았다. 산에 둘러싸여서 공기 좋고 인적이 드문 전원에 땅을 사자고. 그곳에 우리의 예쁜 집을 짓자고. 거기서 우리 오복이를 밝고 건강하게 키우자고.

층간 소음 유발자들의 선택

P 형님과는 2000년 어느 봄날 홍대 재즈 바에서 처음 만났다. 우리는 '재즈 속으로'라는 음악 동호회의 일원이었고 이 형님과 나는 무리 중에서도 음악 취향이 비슷해 유독 가까워졌다. 하루는 주말에 삼삼오오 모여 형님 집에 가게 되었다. 양평 중미산 자락에 위치한 전원주택이었는데, 잔디 정원이 예쁘고 집 안 전체에 적삼목 향이 그윽한 단층의 목조 주택이었다. 신도시의 대단지 아파트와 복잡한 도심 환경에서 평생을 살아온 내게 산과 나무로 둘러싸인 환경 속에 집이 있다는 것 자체가 낯설었다.

무엇보다 내 눈을 휘둥그레지게 한 것은 방 하나에 자리 잡은 끝내주는 오디오 시스템이었다. 녹색 백라이트가 나오는 미국산 M 앰프와 덩치 큰 프랑스산 J 톨보이 스피커가 위용을 과시하고, 양옆 벽은 평생 모아온 음반으로 꾸며진 방. 이 방에서 우리는 밤을 새워 술을 마시고, 가슴이 쿵쿵 울릴 정도로 볼륨을 높여 음악을 들었다. 고즈넉한 전원, 나만의 음악방, 밤 12시에 볼륨을 아무리 크게 올려도 아무도 상관하지 않는 곳. 선호하는 와인이나 위스키 한두 가지와 곁들일 수 있는 시간. 이 이미지들은 20대 초반의 사회 초년생이던 내게 성공의 풍경으로 각인되었다.

그 무렵 나는 회사에서 첫 월급을 받았고, 몇 달치 월급을 모아 앰프와 CD플레이어, 그리고 스피커로 구성된 오디오 세트를 구입했다. P 형님 것처럼 값비싼 브랜드는 아니었지만 이제 나도 나만의 오디오를 갖추게 된 것이다. 이제 시작이야.

그 벅찬 순간을 잊을 수가 없다. 하지만 크게 다른 점이 있었으니, 바로 올릴 수 없는 볼륨이었다. 나는 음악 소리가 시끄럽다는 이웃의 불평불만에 크게 낙심했다. 아, 나는 내 집, 내 방에서 내가 하고 싶은 것을 할 수가 없구나. 엄밀히는 부모님 집이었지만.

층간 소음에 대한 인식이 요즘 같지 않은 시절이었기에 예상하지 못했던 일이었다. 내 방과 맞닿은 옆 호의 방에는 수험생이 있었고, 아래층에는 소리에 예민한 노부부가 살고 있었다. 나는 새로 구입한 오디오 볼륨을 마음껏 올릴 수가 없었다. 음악을 들을 때면 내가 음악을 듣는 것인지, 음량을 측정하고 있는 것인지 모호했다. 나름 해결책을 모색해보기도 했는데, 이사할 때마다 아랫집 윗집에 케이크를 사 가서 인사를 건네고 혹시 음악 소리 때문에 시끄러우면 주저 말고 연락을 달라고 양해를 구하는 일이었다. 내심 음악을 얼마나 좋아하면 저럴까 이해해주길 바랐지만 그분들은 정말로 주저하지 않고 연락을 주셨다. 그래도 나는 이사를 할 때마다 케이크를 건넸고, 윗집 아랫집이 이사를 하면 새로 이사 들어온 분들에게도 케이크를 건넸다.

20여 년이 지난 지금의 우리 집은 바로 그 P 형님의 집 옆 동네에 있다. 그분은 아직 거기 살고 계신다. 아내와 연애 시절부터 그 형님 집에 놀러 다니면서 지금의 우리 집 땅을 만났으니 취향에서 비롯한 인연이 지연이 된 셈이다. 우리는 오랜 세월 친분을 유지해왔고 그러면서 알게 모르게 영향을 크게 주고받았을 거다. 20년 전 밤새 술 마시며 음악 듣던 날의 꿈과 희망. 지금 내 음악방은 형 방보다 더 크고, 오디오 시스템도 더 최신으로 업그레이드되었다. 무엇보다 나 역시 창문 열고 밤새 음악을 크게 들어도 누가 뭐랄 사람이 없다. 이제는 형이 내 방을 부러워한다. 그렇게 지금 나는 꿈속에 있다.

회고해보니 나름 극적인 인생이다. 물론 그때는 이러한 조건이 성립되면 성공한 인생일 것이라 생각했지만, 조금만 깊이 들여다보면 그렇지는 않다. 내 삶에 은행이 과도하게 개입된 탓이다. 그래도 나는 지금 내 방에서 자유롭게 오디오 볼륨을 올릴 수 있다. 딸아이가 시끄럽다고 하기 전까지는.

집 짓기는
빼기의 과정

집을 짓는다는 것은 나무, 철, 돌 그리고 합성된 재료들을 쌓고, 놓고, 붙이는 일의 총합이다. 다시 말해 '무(無)'에서 시작해 하나의 거대한 복합체로서의 덩어리가 되기까지 갖가지 재료들을 더해나가는 일련의 과정이다. 무언가를 만들어본 일이라고는 어릴 때 프라모델 탱크나 고무줄 동력 비행기 정도가 전부였던 내게 집 짓기는 더하기 빼기 정도 할 줄 아는 아이 앞에 미적분의 개념이 놓인 것만큼이나 막연한 일이었다. 하지만 중년이 되도록 보아온 것, 만져본 것, 써본 것, 주워들은 것들이 제법 되어서인지 막상 시작하니 재미있기도 했다.

아내와 나는 주섬주섬 하나씩 원하는 바를 더해나가기 시작했는데 두 사람의 기준이 다소 달라서 충돌이 생기기도 했다. 내 경우는 필요할지도 모르는 것은 미리 갖춰 놓아야 하는 타입이었고 아내는 반드시 필요한 것이 아니면 과감하게 제외하되 꼭 필요한 곳의 소재와 퀄리티에 집중했다. 가령 나는 당장은 어떤 쓸모가 있을지 모르겠지만 나중을 위해 다락방을 만들자는 주장을 했고, 아내는 방 하나 추가하는 데 필요한 비용을 빼서 마루, 벽지, 페인트 등의 인테리어 마감재의 퀄리티를 높이자고 했다. 나는 양적 접근이고, 아내는 질적 접근이었다. 물론 둘 다 충족하면 좋았겠지만 언제나 자원은 한정적이기에 엄청난 논의와 절충이 필요했다.

살면서 단기간에 이렇게 많은 것을 조사하고 판단하고 선택했던 적은 없는 것 같다. 변기와 수전 그리고 샤워기 헤드에 이렇게 많은 브랜드와 모양이 있는지 몰랐다. 타일의 색과 크기는 도대체 어떻게 좁힐 수 있단 말인가. 동대문 시장에 끝없이 늘어선 여성복 상점들 중 한 곳을 선택해 여자친구의 원피스 하나를 고르는 것만큼이나 어려운 일 같았다. 이런 것은 취향이 분명한 아내에게 전적으로 맡겨도 되었던 상황이 천만다행이었다.

콘센트는 그냥 방마다 한두 개씩 있으면 되는 것 아니었던가? 콘센트도 흰색, 크림색이 들어간 흰색, 유광 흰색, 무광 흰색, 모서리를 둥글린 모양, 각이 잡힌 것 등 종류가 엄청났다. 그리고 단독주택에는 100 단위 개수의 콘센트가 들어간다는 사실에 다시 한번 놀랐다. 눈에 보이는 것은 그래도 쉬운 편에 속한다. 벽 속 단열재의 소재는 무엇으로 할 것이며, 추운 지역이니만큼 삼중창이 좋겠지만 이중 유리여도 충분할지에 대한 판단을 해야 했다. 눈에 보이는 것에서 시작해 눈에 보이지 않는 모든 것을 건축주가 직접 고르고 결정해야 한다. 아파트에 살면 하지 않아도 되는 선택들을 해야 했다. 너무도 많아서 헤아리기 어려울 정도로 많은 결정과 선택지. 문제는 이 모든 선택에는 나름의 등급과 가격이 있어서 조사하고 공부할수록 욕심이 난다는 것이다. 콘센트 하나에 천 원짜리가 있고 2만 원짜리가 있다. 100개를 쓴다고 가정하면 자재의 단가에 따라 10만 원이냐 200만 원이냐가 결정된다.

아내의 로망 중 하나는 벽지가 아닌 페인트로 인테리어 마감을 하는 것이었다. 벽지에도 등급이 있어서 천연 소재라고 홍보하는 벽지를 선택하면 만만치 않은 비용이 산정되는데, 벽지가 아닌 페인트를 선택하는 순간 최고급 벽지 기준의 서너 배나 되는 지출을 감당해야 한다. 콘센트와는 차원이 다른 비용 상승이다. 결국 아내는 부분적으로 페인트가 필요한 공간을 선정하고 나머지는 페인트 질감이 나는 벽지를 활용하는 절충안을 선택했다. 이러한 일은 수백 가지여서 선택의 단계마다 적당히 포기하고 절충하지 않으면 애초 생각한 비용에서 크게 벗어나고 만다.

사람들이 집 짓는 어려움에 대해 자주 묻는다. 그럴 때마다 나는 줄곧 이렇게 답한다. "아, 모르는 분야를 조사하고 판단하고 선택하는 것은 상대적으로 쉽습니다. 그러나 그 선택 자체를 빼는 것이 가장 어렵습니다. 눈앞의 맘에 쏙 드는 선택을 포기하는 심정은 생각보다 괴롭죠. 때로는 치기와 싸우기도 합니다. 내가 평생 집을 한 번만 지을지도 모르는데, 저거 하나 못 사겠냐며. 그러나 결국은 현실과 타협하고 합리화를 해야 합니다. 그 선망의 선택지는 나와는 애초부터 상관없던 일인 것처럼 사라집니다. 신기루처럼 앞에 놓였다가 막상 잡으려 하면 사라지는 상황을 반복적으로 맞닥뜨려야 하는 일. 이것이 집 짓기의 어려움입니다."

더하는 데는 상한이 없다. 욕심에는 끝이 없으니까. 어찌 보면 내가 선택하지 못한 그 물건 또한 실은 그리 대단한 것이 아닐 수 있다. 3년이 지난 지금 돌이켜보면 그때는 왜 그렇게 집착을 했나 싶은 부분도 있다. 한편 고심 끝에 과감한 결단을 한, 비싼 결정에 대해서는 그때 당시 그걸 선택한 건 정말 잘한 일이라며 스스로 흡족해하는 부분도 있다.

결국은 마음이다. 내 마음은 어차피 이성과 합리보다는 감성과 기분이 좌지우지한다. 그러니 뺐음에도 불구하고 행복해할 수 있는 마음이 더 중요하다. 내 마음은 적어도 물질적인 것 때문에 자존감을 잃지 않는, '합리화'라는 안전장치로 단단하게 둘러 있는 듯하다. 아내도 아이도 그런 것 같아 다행이다.

그래도 고민 끝에 빼버리고는 아쉬워한 몇 가지만 나열해보자. 캐노피가 있는 외부 주차장, 다락방 상부 창, 손님방, 매립형 에어컨. 요 정도는 더했으면 얼마나 좋았을까 싶다. 만일 이것들을 더했다면 또 다른 아쉬운 점들이 리스트에 올라오겠지?

꼴랑
그거 하나 했슈?

일반 아파트의 천장고는 2.3미터지만 내 음악방은 2.7미터로 조금 더 높다. 이 방에는 총 20개의 스피커 케이블이 벽체 안에 거미줄처럼 촘촘하게 매립되어 있고, 오디오, 비디오 기기가 많다 보니 총 14개의 벽부 전원 콘센트가 있다. 너저분한 스피커 선이나 멀티탭 콘센트 등이 방에서 보이지 않도록 설계했다. 조명도 메인 조명, 무드 조명, 스폿 조명 등 15개가 달려 있다. 벽체는 일반적으로 사용되는 것보다 더 두꺼운 차음용 석고보드를 이중으로 붙였다. 이렇게 해서 일반적인 주택의 방보다는 좀더 세심한 손길이 닿았다. 어디서 본 것들과 해보고 싶었던 것들을 총망라해 한껏 욕심을 내보았다. 음악방을 만들기 위해 계획을 짜는 것은 극상의 즐거움이었다.

문제는 이러한 내용을 직접 집 짓는 분들에게 전달해 실현되도록 하는 일. 내가 계획한 것들을 시공사와 진행 감독에게 이해시키는 것도 쉽지 않았지만, 무엇보다 현장에서 일하는 분들에게 설명하는 것이 쉽지 않았다. 현장 작업을 하는 분들에게는 항상 이 정도면 됐어, 여기엔 이게 최고야 하는 식의 경험치가 있었기 때문에 그 기준을 넘어선 새로운 시도를 관철시키는 것은 매우 첨예한 일이었다. 때문에 해당 공정을 진행할 때에 맞추어 현장에 직접 나서야 했다. 손짓 발짓을 해서라도 내가 원하는 바가 무엇인지를 설명해야 했다. 모르는 언어로 소통을 해야 하는 상황이 이런 것일까?

우리 집은 목조 주택이어서 기초를 다지고 나면 목조로 골조와 구조를 만드는 일을 하는 '빌더' 분들이 필요했는데, 우리 빌더 팀에는 박 팀장님이 계셨다. 팀장님은 솜씨가 출중한 것은 물론이고 무엇보다 누구라도 편안하게 느낄 만한 세련된 화법을 구사하셨다. 맛깔나는 충청도 사투리와 호쾌한 웃음이 그분의 또 하나의 특징. 그리하여 복잡한 내 방의 시공은 팀장님이 직접 맡아주셨다.

현관 인입에 필요한 메인 전기 중 어떤 전기선이 내 방으로 들어오고, 그 전기선이 방 안에서도 세 갈래로 나뉘어 각각이 전방, 우측, 좌측, 심지어 천장에서는 어느 쪽으로 나와야 하는지, 각 선이 나오는 구멍의 크기와 높이는 어떻게 다른지……. 그 구조에 맞게 적절한 장비와 기술로 큰 구멍, 작은 구멍을 내거나 자재와 자재를 이어 붙이고 추후 마감 작업을 위한 표시를 해주셨다. 나는 설명하려 노력했고, 팀장님은 이해하려고 노력했다. 내 방은 그렇게 완성되어갔고, 박 팀장님은 음악방뿐 아니라 우리 집 전체의 골조 목수 역할을 훌륭하게 마무리해주셨다.

그러던 중 나도 무언가 내 손으로 해보리라 마음먹은 게 있었다. 나름 자잘하게 많은 일을 했지만, 그래도 눈에 띄게 무언가를 했노라고 말할 수 있는 것은 페인트칠이었다. 음악방의 한쪽면에 해당하는 작은 부분이었지만 아무튼 전후가 눈에 확 띌 수밖에 없는 결과물이었다. 하루는 잔여 작업을 위해 우리 집 현장에 방문하신 박 팀장님께, 나도 무언가를 손수 했다는 것을 자랑하고 싶었다.

"팀장님, 이거 제가 직접 했어요!"

박 팀장님은 내 말에 페인트칠한 벽면을 쓱 훑어보시더니 특유의 호탕한 웃음과 함께 한마디 하셨다.

"여태 꼴랑 그거 하나 했슈? 껄껄껄."

직접 집을 짓다 보면 힘든 일이 헤아릴 수 없을 만큼 많이 생긴다. 설계하는 과정, 시공사를 정하는 과정, 돈을 마련하는 과정, 인테리어 마감 과정 등 무엇 하나 쉬운 것이 없다. 그 와중에 수많은 업체, 숱한 현장 작업자들과 부딪히게 된다. 가장 힘든 일 중 하나다. 내가 원하는 것, 내가 생각한 것, 이미 합의된 것과는 판이하게 돌아가는 현장을 목격해야 하기 때문이다. 우리 집을 짓는 과정에도 많은 일이 있었고 많은 분의 도움이 있었다. 나는 그중 박 팀장님이 가장 먼저 생각난다. 나를 꿰뚫어 보시던 그분의 정겨운 면박이 그립다.

전기야 전기야
어디까지 왔니?

집 지을 무렵 여섯 살이던 딸아이가 반복적으로 부르는 노래가 있었다. 바로 "전기야, 전기야 어디까지 왔니"라는 노래인데, "두껍아, 두껍아, 헌 집 줄게 새집 다오"라는 구전 동요를 개사한 것이었다. 이 노래는 엄마, 아빠가 동참해 번갈아 무한 반복으로 불러야 했다. 가령 이런 식이다.

엄마: 전기야 전기야, 어디까지 왔니?

딸: 놀이터까지 왔지. 전기야 전기야, 어디까지 왔니?

아빠: 오복이 손톱까지 왔지. 전기야 전기야, 어디까지 왔니?

다시 엄마 차례…… 이렇게 노래는 끝이 나지 않는다. 그 나이답게 아이는 결코 지치거나 지겨워하지 않는다. 그 무렵 전기가 도달한 장소를 무한대로 찾아야 했던 우리 가족은 오가는 좁은 길 가로등에 전기를 들였고, 수많은 상점에도 전기를 공급해주었다. 심지어 내 발바닥과 엉덩이에도 전기가 들어왔다. 그러다가 우리는 정말로 우리가 지은 집 현관에도 전기가 들어오게 했다. 사람 사는 집에 불이 켜지는 것이 그리 대단한 일이 아닐 텐데 나는 우리 집에 전기가 처음 들어와 집 안의 불빛이 어스름한 집 밖으로 퍼져 나오던 장면을 잊을 수가 없다.

어제의 집이 육신의 껍데기에 불과했다면 오늘의 집,

그 불빛은 섭씨 37도의 혈액이었다. 마침내 생명의 정수를 불어넣어 로봇을 인간으로 만드는 공상과학영화를 보는 것 같았고, 우리는 그 업적을 이뤄낸 과학자가 된 기분이었다. 우리 집 터는 농지를 용도 변경한 것이어서 애초에 상수도도 들어오지 않아 우물을 파야 했고, 전신주도 심어야 했는데 가장 가까운 곳에서 전깃줄을 끌어오기 위해서는 전신주를 세 개나 새로 심어야 했다. 인터넷도 설치가 불가한 지역이라고 상담원이 말했던 기억이 난다. 그렇기에 우리 집에 불이 켜진 날, 집에 불이 들어왔다고 여기저기 자랑하고 싶었다. 아무 관심 없는 사람들에게 돌쟁이 자식이 첫걸음 떼었다고 자랑하듯이.

그렇게 혼자 신날 수밖에 없던 사건들은 입주 즈음 여러 번 반복되었다. 물이 나오던 날, 보일러 배관이 돌아 방바닥이 따뜻해지던 날, 인터넷이 개통되던 날……. (실제로 TV 방송이 나오던 날, 결국에는 소셜 네트워크 공간에 자랑 글을 남겼다. 우리 집에 TV가 나옵니다!) 집에 불을 처음으로 밝혔던 날은 입주를 일주일 앞둔 시점이었는데, 그날 나는 잠을 설쳤던 기억이 난다. 붉은색 벽돌과 노란색 불빛, 그 불빛으로 온기가 더해진 가구, 그리고 따스한 공기. 그렇게 포근한 집이 되길 바라면서…….

우리 집에
정수기는 없지만

아내가 집을 설계하는 동안 나는 음악방을 설계했다. 설계의 핵심은 어떻게 해야 가장 좋은 소리를 만들 수 있을지를 고민하는 일이었다. 자재 고르기, 기기 배치하기 등 꾸미기에 해당하는 것은 눈에 보이는 일이라 별로 어렵지 않았다. 계속 들여다보면 답이 보였다. 어려운 것은 눈에 보이지 않는 부분이었다. 아이와 "전기야 전기야, 어디까지 왔니?" 주문을 외워 드디어 우리 집 현관까지 도달한 전기, 바로 전기가 문제였다. 사실 전기에 대한 내 지식은 보통의 상식 수준에도 못 미쳤기 때문에 나로서는 고차원적인 공부를 해야만 했는데, 외계 언어에 해당하는 부호들과 공식들은 시간을 들여 꼼꼼히 본다고 해서 해석될 일이 아니라는 것을 깨달았다. 결국은 오디오의 음질과 전기의 상관관계에 대한 이론적 이해를 포기하고 그간의 경험치와 여기저기서 주워들은 지식들을 종합해 다음의 요건에 맞추기로 결정했다.

첫 번째, 오디오에 쓰이는 전기와 나머지 가전제품의 전기를 독립시키기. 음악방의 전기는 우리 집의 나머지 가전제품과 독립적으로 인입이 된다. 즉, 냉장고, 세탁기, TV에 연결되는 전기와 내 음악방의 전기는 우리 집 현관에 있는 분전반에서 분리가 된다. 그러기 위해 한국전력공사에 애초에 3상4선식 전기를 신청했다. 대부분의 가정집은 단상 전기가 들어온다는 사실을 처음 알았고, 3상4선식 전기는 큰 빌딩이나 공장 같은 곳에서 사용된다는 것을 알게 되었다. 우리 집은 공장이 아니지만 3상4선식 전기가 들어온다. 그렇게 하는 것이 오디오 음질에 유익한지 아닌지는 확인된 바 없다. 유난한 일 같지만 현관에 있는 분전반을 내방으로 한 번 더 분리하는 것에 돈이 그리 많이 들진 않았다.

두 번째, 완벽하게 접지한다. 가전제품의 표면을 만져보면 찌릿찌릿한 느낌을 받을 때가 있는데, 이는 전기의 접지가 제대로 되어 있지 않아서다. 턴테이블이나 앰프에 연결된 전기가 접지가 잘 되었는지 그렇지 않은지는 오디오의 음질에 아주 큰 영향을 미친다. 이것은 정설이며 나도 확인해본 바다. 땅을 깊게 파 접지봉 열 개와 소금 두 포대를 쏟아부어 음악방에 유입되는 전기만큼은 완벽하게 접지가 되도록 했다. 금속 봉과 소금 두 포대 역시 돈이 그리 많이 들진 않았다.

세 번째, 음악방 전기 콘센트의 전압을 측정해보면 정확하게 220볼트가 나온다. 우리나라는 통상 220볼트의 가전제품을 이용하는데, 일반 가정의 전압은 200-240볼트 정도의 오차가 있다. 그리고 주변 상황에 따라 전압은 수시로 바뀐다. 이를 일정하게 해주기 위해서 전기 인입 선단에 정전압 장치(auto voltage regulator)를 설치해 내 오디오 기기들에 언제나 정확히 220볼트가 공급되도록 해주었다. 변압기와 비슷하다고 보면 되는데, 우리 집의 경우 신발장 속에 숨겨두었다. 이것이 오디오 음질에 영향을 미친다고 믿고 있다. 역시 비용이 그리 많이 들진 않았다. 그러나 이 단계부터는 아내가 혀를 끌끌 차기 시작했다.

네 번째, 내 방은 전기 차폐와 노이즈 필터를 통해 전기를 유입한다. 가정으로 유입되는 전기에는 갖가지 노이즈가 포함되어 있고 전기 기기로 도달해 사용되는 순간 또 다른 노이즈를 발생시키기도 한다. 흔히 전자파라고 일컫는 것도 공중으로 방사되는 노이즈의 일종이고, 냉장고나 변압기 같은 것에서 웅 소리를 내며 떨리는 것도 일종의 전기 노이즈 때문이다. 만일 여기에 노이즈 필터를 거친 전기를 인가하면 기기에서 웅 하며 내던 소리가 사라진다. 쉽게 말해 우리가 마시는 물에서 정수기 필터를 사용해 불순물을 걸러주는 것과 같다. 이 역시 오디오 음질에 영향을 미친다고 알려져 있다. 뭔가 변화가 있다는 점은 나도 확인을 했지만 그 결과가 더 긍정적인지 부정적인지에 대해서는 갑론을박이 있다. 무색, 무취의 물을 두고도 물맛이 좋다 아니다 하는 것과 비슷한 얘기가 아닐까 싶다. 이 장치 역시 추가 비용이 그리 많이 들지 않았다. 이렇게 공들여서 순도 높고 질 좋(다고 생각하는)은 전기가 내 음악방에 들어오도록 만들었다.

한편, 우리 집은 상수도가 들어오지 않아 지하수를 쓴다. 먹을 수 있는 정도의 수질로 합격 판정을 받았지만 그래도 어딘가 꺼림칙한 구석이 있어 마트에서 생수를 사다 먹는다. 마시는 물뿐 아니라 밥 짓는 물, 과일 씻는 물 정도는 생수를 쓰려고 하니 생각보다 구입해야 할 물의 양이 상당하다. 정수기를 설치하면 해결될 텐데 나는 이를 어떻게 해야 할지 도통 모르겠다. 아내는 오디오와 음악 듣는 일 외에는 집안일에 관심을 두지 않는다며 툴툴댄다. 신발장을 열고 24시간 열을 뿜어내는 내 전기 정화 장치를 볼 때마다 눈을 흘긴다. 그러나 역시 내가 열심히 공부해본 바에 의하면 서울의 수돗물과 달리 지하수는 정수하기가 여간 까다로운 일이 아니라고 한다. 그리고 주기적으로 갈아줘야 하는 필터 비용이나 생수를 구입하는 비용이 비슷할 것 같기도 해서 그냥 그저 두고 있는 것이다.

아무튼 아내는 만나는 사람마다 남편의 유난한 점을 설명할 때면 이 상황을 꼭 덧붙인다. "글쎄, 우리 집엔 정수기는 없어도 전기 정화 장치는 있는데, 저게 뭐하는 거냐면……." 아 참, 빠뜨린 설명이 하나 있는데 내 음악방에 사용된 옥내 전기 배선을 위한 전선은 일반 가정집에서 쓰는 것보다 굵기가 두 배가량 더 두꺼운 선재를 사용했다. 역시 그리 큰돈이 들진 않았다.

멀지만 가까운 우리 집 :
출퇴근 여정

나의 출퇴근 거리는 편도 50킬로미터 정도다. 서울 강남 삼성동에 소재한 직장으로 출근을 하자면 전원–고속도로–도심을 거친다. 이 과정에서 만나는 풍경을 생각해보면 나름 여정이라 할 만하다. 도시에 사는 사람들이 주말에 근교로 여행을 간다면 보게 될 풍경을 나는 매일 접한다. 다른 점이 있다면 놀러 가는 길이 아니라 일하러 간다는 점뿐.
매일의 여정은 내 행동 양식이나 심리 상태에 따라 크게 세 구간으로 나뉜다. 출근과 퇴근이 다르지만 출근을 기준으로 말해본다.

— 1구간(1–15km): 15분 소요.

집에서 고속도로를 타기 전까지 지나는 길이다.
산과 숲, 논과 밭, 시냇물과 계곡을 만날 수 있는 길이다.
우리 집은 중미산 중턱에 자리 잡고 있어서 계곡 도로를 끼고 내려온다. 계곡 주변에는 주로 캠핑장과 펜션이 보인다. 도심의 편의점을 보듯 지나친다. 북한강과 교차하는 고속도로 인근까지 내려오면 식당과 카페 그리고 모텔이 즐비하다. 번지르르한 규모의 상점들은 우리 동네와 옆 동네를 규정짓는 사인들이다. 이러한 풍경은 내가 사는 곳이 도시와 동떨어진 곳임을 확연하게 알려준다. 대부분의 도로는 좁은 왕복 2차선이고 일부러 만든 롤러코스터처럼 구불거린다. 도로 사정상 빨리 달릴 수 없을뿐더러 공사가 일상인 지역이어서 굴착기, 지게차, 트럭 같은 차량들이 서행을 하기 일쑤다. 마음을 비우고 천천히 가야 한다.

느긋한 마음으로 남은 출근 시간 동안 어떤 음악을 들을지 결정하는 것만이 유일한 고민이다. 이제는 CD 음반도 필요 없고 USB 저장 장치에 음원을 담는 수고도 필요 없다. 스마트폰의 음악 스트리밍 서비스를 차량과 무선 연결시키면 세상 모든 음악을 다 만날 수 있으니까. 유료로 구독 중인 스트리밍 서비스를 누구 못지않게 잘 활용하고 있다며 합리화를 한다. 15분이나 지났으면 제법 멀리 왔을 텐데 아직까지는 집 주변에 머물러 있는 기분이다. 이제 아파트 단지를 빠져나간 정도랄까? 하지만 화장실이 급하다고 되돌리기엔 너무 멀리 와버렸다.

— 2구간(15-40km): 25분 소요.

양평의 서쪽 끝에는 서울양양고속도로와 만나는 지점이 있는데 나는 매일 이 톨게이트를 지난다. 평일 출퇴근 시간에는 강원도 방향에서 오는 차가 별로 없기 때문에 여기서부터 서울에 인접한 구간까지는 막힐 일이 없다. 이 구간에 올라타면 비로소 집을 벗어났다는 기분이 든다. 쭉 뻗은 고속도로와 질주하는 차들이 그 신호다. 이제는 옆을 둘러볼 수도 없고, 오로지 앞만 보며 갈 길을 가야 한다. 다른 차들과 앞서거니 뒤서거니 하다 보면 치열한 경쟁 모드에 들어온 나와 마주한다. 출근도 하기 전에 긴장하는 내 모습이 못마땅해 마음을 편히 먹기로 한다.

직전에 고른 음악을 마음 놓고 들으며 달릴 수 있는 구간이다. 현재를 즐기자. 하지만 잡다한 상념들이 달리는 차의 속도만큼 빠르게 지나간다. 이 상념들은 지금 선택한 앨범이 과연 최선인지 묻는다. 또 다른 좋은 노래가 있지 않을까? 다시 선곡을 해야 하나?

너무 많은 정보와 지나치게 다양한 선택지는 현재에 충실하기 어렵게 한다. 동시에 내가 지금 달리는 이 길, 매일 오가는 이 길이 내 인생에서 최선의 길인지 되묻는다. 내 인생은 최적의 경로와 적당한 속도로 가고 있는 것일까? 돈 주고 살 수 있는 음원과는 반대로 내 길은 생각보다 다양하지는 않은 것 같다. 아무래도 현재에 충실하는 것 외에는 다른 길이 없어 보인다. 하지만 평생을 고민해도 찾기 힘든 정답을 짧은 시간에 도출해내기엔 무리가 있다. 듣던 음악을 그대로 듣기로 한다.

— 3구간(40-50km): 20분-50분 소요.

서울에 다다라 잠실에 좀 못 미치면 여지없이 정체가 시작된다. 가장 짧은 구간이지만, 심리적 거리로는 가장 긴 구간이다. 새벽에 출근하거나 이른 퇴근이라면 10분이면 통과할 거리이지만 대부분은 그렇지 못하다. 요일과 시간과 날씨가 환상적으로 조합되는 날이면 한 시간이나 가야 할 때도 있다. 옴짝달싹 못 하고 가만있는 것이 걷다 뛰다 하는 것보다 심리적으로 더 답답하고 육체적으로도 더 힘들다. 아무튼 이제는 음악이며 인생이며 따질 계제가 아니다. 상념조차 사치인 상황. 서울 진입을 위해 늘어선 차들을 보면 내가 저 차들을 뚫고 무사히 도착을 할 수 있을지 자신이 없다. 복잡한 서울이 싫어서 삶의 터전으로 전원을 선택했건만 업무 터전마저 바꾸지는 못했다. 머뭇머뭇하는 사이 없는 틈을 비집는 얌체 운전자들은 도로를 더 엉키게 만든다. 어제 사무실에 두고 풀지 못한 또 다른 엉킨 실타래가 머릿속에 중첩된다. 하지만 엉킨 실타래는 서두를수록 더 꼬이는 법. 조급함을 떨쳐버리고 차분히 순서를 기다린다. 어제보다 10분이 더 걸렸지만 이렇게 저렇게 풀려나간다.

시간은 가장 위대하면서 동시에 무책임한 해결사다. 이 여정은 익숙한 일상이 되어 내 마음속 폴더에 압축파일로 묶여 있다. 그래서 출퇴근 시간이 어떻게 되는지 물으면 한 시간이라는 압축 건조된 대답을 한다. 자랑할 것은 없으나 변명할 것도 없고, 고난이 없으니 극복의 스토리도 필요치 않다. 특별한 사고 없고, 차가 고장 나 갓길에 세울 일이 없고, 화장실이 급해 식은땀을 흘릴 일이 없다면 보통의 직장인과 별다를 것 없는 일상이다. 오늘도 무사히 도착했다. 선곡은 대체적으로 훌륭했다. 회사 주차장으로 진입하며 오디오 전원 버튼을 끈다. 벌써 퇴근을 기다린다.

바비큐가 없는 전원주택 :
고기 사절!

정원 한편에 바비큐 그릴이 있고, 주말이면 손님들이 사온 고기를 굽는다. 팔 걷어붙이고 연기를 요리조리 피해가며 숯불에 노릇하게 굽고 있는 고기의 맛에 대해 호언장담한다. 고기와 함께 술판이 벌어지고, 배가 부름에도 불구하고 마무리로 얼큰한 라면을 호로록…….

우리 집에선 3년 동안 단 한 번도 이런 장면이 연출된 적이 없다. 주말에 고기를 사 들고 놀러 오겠다는 친구들이 당혹감을 감추지 못한다. 그럼 너희 집에선 도대체 무엇을 먹는단 말이냐? 화환 사절도 아니고……. 나는 식탐이 없는 편이다. 아내도 그런 편이어서 아내와 나는 둘 다 먹기 위해 판을 벌이는 것이 부담스럽다. 연애 시절에도 맛집을 찾아 다니는 것은 우리의 데이트 코스가 아니었으며, 요즘도 우리의 여가 활동 안에 무언가를 먹기 위해 먼 거리를 이동하거나 긴 줄을 기다리는 것은 포함되지 않는다. 더구나 집에서 고기를 구우려면 불을 피워야 하고, 동시에 준비해야 할 것들이 한두 가지가 아니다. 상추, 오이, 고추, 양념장, 기름장까지…….

정작 고기 굽는 사람은 맘 편히 먹기 어렵다. 한국 사람들은 고기를 잔뜩 먹고 찌개 같은 것도 먹어야 하니 결국 밥도 준비해야 한다. 밥을 먹으려면 김치나 밑반찬도 필요하다. 먹고 난 후에는 기름과 검댕이가 묻은 기구와 용기들이 한가득 쌓인다. 한 사람은 치우느라 함께 즐기지 못한다. 얼굴은 웃지만 지친 기색이 역력하다. 이러면 식사 시간을 한 시간이 아니라 세 시간 정도는 잡아야 하는데 이것은 최소한의 시간일 뿐이다. 어쩌다 보면 점심이 저녁까지 이어지게 마련이고, 이른 저녁은 늦은 밤까지 이어진다. 물론 사람들과 즐기는 매개체로서 음식은 필수다. 그러나 그 중심이 음식 그 자체라는 게 우리는 불편하다.

간단한 음식과 와인 한 잔이면 된다. 아내와 나 둘 다 생각이 그렇다 보니 우리 집에는 바비큐 그릴이나 숯을 피울 수 있는 도구가 없다. 전원주택은 곧 주말 바비큐라는 공식이 우리 집에서는 성립되지 않는다. 그런데 생각해보면 우리 집은 신혼 때부터 지인들의 방문이 많은 편이었다. 전원주택으로 이사 오면서 그 빈도가 줄었다. 배달 음식이 어려운 탓이다.

보통 누구를 부르려면 으레 식사를 해결해야 하는데 요리에 재능이 없는 나나 아내는 별다른 방도가 없었다. 그래서 우리는 룰을 정했다. 우리는 장소를 제공하고, 뒤처리를 맡는다. 대신 오는 사람들이 음식을 준비해온다. 일종의 포틀럭 파티인 셈. 장소 제공자가 요리에 대한 부담에서 벗어날 수 있고 테이블 위의 음식이 주인공이 아니라 앉은 사람들이 주연이 될 수 있는 자리를 원한다. 가장 간편하게 다 같이 즐길 수 있는 방법이 아닐까. 피자나 치킨 같은 포장 음식을 가져와도 좋고, 여의치 않으면 디저트를 가져오거나 와인을 담당하는 사람도 있다. 우리 집에 종종 오는 손님들은 그렇게 한다.

요즘 문화가 누군가를 집에 초대하는 일은 흔치 않은 것 같다. 아내는 전부터 사람들을 초대해 두런두런 이야기 나누는 걸 좋아했다. 아마 재미도 감동도 없는 나와 있으면 너무 심심해서 그랬는지도 모르겠다. 주기적으로 우리를 찾는 사람들, 우리가 찾는 사람들이 계속 있다는 것은 참 고마운 일이다. 아내 덕이다. 요리를 못해도 초대할 수 있다. 집주인이 한 상 차려 대접을 하는 것이 한국의 정서 아니겠냐고 따지는 사람도 있을 것이다. 고기도 사절, 그런 손님도 사절이다.

3

빛, 색, 음악을 품은 집 실현하기

패브릭 찬양:
빛깔들

- 눈을 게슴츠레 뜨고 전체를 보아 어울리는 색과 톤을 떠올립니다.
- 떠올린 색과 톤 안에서 예쁜 디자인의 제품을 미친 듯이 찾습니다. 그리고 또 미친 듯이 찾습니다.
- 필요한 것은 지구력입니다(비추입니다).

한 인터뷰에서 우리 집의 조화로운 색들에 대한 나만의 노하우를 묻는 질문에 남긴 나의 답이다. 우스갯소리 같지만 날것 그대로 표현한 것이다. 채움이 필요한 공간이 있다면 오며 가며 한참 동안 멀리서 바라본다. 비우고 싶은 공간에서는 색깔을 최대한 자제하지만 밀도를 주고 싶은 공간에서는 함께 두었을 때 조화로운 컬러를 먼저 떠올려본다. 색이 정해지면 적당한 디자인을 찾는다. '이거다!' 싶은 것을 찾기 전까지 나는 결국 바꿈질을 계속할 것을 알기 때문에, 최종 선택까지 제법 오랜 시간을 할애하는 편이다. 마치 정답을 찾아가는 수학 문제 같아서 사실은 이러한 과정을 즐기기도 한다.

패브릭을 선택할 때에는 특히 과감하고 꼼꼼하게 색을 넣는다. 패브릭에 염색된 색은 결코 하나의 단조로운 색이 아니다. 밖에서 들어오는 자연의 빛을 받을 때면 그 빛깔이 얼마나 아름다운지, 또 다른 감동으로 다가온다. 이렇게 선택한 것들이 맞춤옷을 입은 양 딱 맞게 자리를 찾았을 때의 기쁨이란……. 물론 아주 가끔은 한눈에 반해 충동구매를 한 녀석이 빛을 발하는 경우도 있지만.

다이닝 공간에는 오묘한 초록 타일로 마감한 주방 가벽이 있고, 가운데에 큰 티크 원탁이 놓여 있으며 묵직하고 짙은 우드의 빈티지 그릇장이 있다. 작은 사이드 테이블의 다리는 선명한 파랑색이다. 작은 오르내리기 창에는 하얀 리넨 가리개 커튼이 주름 없이 말끔하게 걸려 있다. 곳곳에 토분과 식물들이 놓여 있다. 동쪽과 남쪽 창으로 사계절 자연이 들어온다. 다이닝 공간과 데크를 연결하는 유리문에 걸 가리개 커튼을 생각해보았다. 오며 가며, 앉아서 일어나서, 제법 긴 시간을 생각했다. 잔잔한 패턴이 있는 노랑 커튼이라면 깊은 겨울 볕을 한결 더 온화하게 집 안으로 흩뿌려주지 않을까 생각했다. 그리고 노랑 커튼을 걸었다.

나에게는 이러한 과정이 차곡차곡 모인 공간이 주는 특별함이 있다. 일상에서 문득문득 나를 멈추게 하고 사색하는 힘을 주는 그 충만함은 나만의 취향으로 가득한 공간에서 비롯되는 것이 아닐까 싶다.

지훈을 만나고 음악을 깊게 느끼는 그가 마냥 신기했다. 나로서는 빠져들기 힘든 수준의 음악을 즐기는 그 섬세함과 음악에 쏟는 한결같은 마음을 보고 있으면 영원히 나는 가져보지 못할 그 울림의 감각이 신기하고 궁금하기도 했다. 그는 틀림없이 소리를 느끼는 감각에 있어서는 평범하지 않은 귀와 가슴을 가졌으리라.

아마도 비슷한 이유로 나에게는 눈으로 들어오는 시각적인 것들에 대한 예민함이 남다를 것이다. 아름다운 색을 볼 때면 느껴지는 내 안의 깊은 감동이 그가 음악으로부터 얻는 그것과 같지 않을까?

옹알이하던 시절, 가족들이 입은 옷가지나 환경에서 다채로운 색을 볼 때면 꺅꺅 소리를 지르며 흥분하던 오복이. 쇼핑몰 장난감 코너에서도 떼쓰는 법이 없었지만 백화점 그릇 코너의 형형색색 무쇠솥 앞에서 발길을 옮기지 않던 세 살배기. 아빠의 음악에서 비트를 느낄 때면 둠칫둠칫 하며 남미의 음악엔 차차차 발재간, 재즈엔 현대무용을 연상케 하는 자유로운 몸짓을 하는 아이. 전혀 다른 우리가 다시 한 몸의 아이로 태어나 살고 있는 모습을 바라보는 것은 그 무엇보다 신비로운 경험이다.

고요한 부엌

'아늑한 공간에서 무얼 만들까?'
'수수한 그릇에는 무얼 담을까?'

당근은 넙적넙적, 파는 어슷어슷, 양파는 대충대충 썰어 둔다. 껍질이 붙은 돼지고기에 조선간장, 고춧가루를 넣고 달달 볶는다. 물을 자작할 만큼 넣은 후 뚜껑을 덮고 끓인다. 끓기 시작하면 여름이 제철인 조선호박과 양파를 넣는다. 생강가루, 마늘을 넣고 소금으로 간한다. 마지막으로 파를 넣고 후룩 끓이면 달큰한 호박찌개 완성. 밥 위에 자작하게 얹어 슥슥 비벼 먹으면 다음 숟가락이 바쁘다.

멸치를 체로 걸러서 잔 가루를 털어주고 프라이팬에 약불로 덖는다. 덖은 멸치는 따로 덜어 둔다. 통마늘을 기름에 볶다가 꽈리고추에 간장을 넣고 볶는다. 조청이나 물엿과 매실액 한 스푼을 넣는다. 불을 끄고 들기름 한 스푼과 깨를 넣고 섞는다. 어스름 해가 지고 꽈리고추 향이 담을 넘는다.

"밥 먹어라."

어릴 때부터 착각하며 살았던 것이 몇 가지가 있다. 스무 살이 되면 저절로 살이 빠질 것이다, 엄마를 닮아 요리를 잘할 것이다, 언니들처럼 까맣던 피부가 우윳빛으로 바뀔 것이다, 라는……. 이런……. 엄마를 닮은 건 까만 피부와 좋지 않은 체력뿐이었다.

"요리하는 걸 좋아해요."

허언증이 발동하지 않는 이상 이번 생에는 입 밖으로 뱉을 수 없는 말이다. 이토록 온기 가득한 말을 할 수 없다는 건 조금은 슬픈 일이다. 굳이 원인을 따져보자면 체력이다. 요리하기를 즐기지 못하는 나의 성향 때문이기도 하겠지만, 요즘 들어 부쩍 모든 것이 체력에서 비롯된다는 생각이 든다. 좋지 않은 체력이 내 모든 행동 양상을 결정짓는다는 생각에 빠져 있다. 그동안 내가 싫어한다고만 생각했던 그 모든 것들이 알고 보면 나누어 할애할 체력이 없었기 때문일지도 모른다. 결국 체력을 이길 만큼의 아드레날린이 솟는 것에만 열정을 보일 수 있는 참 실오라기 같은 체력의 몸뚱이라는 거다.

아무튼 이런저런 이유로 나는 음식 만들기를 좋아하지 않는다. 관심이 없으니 잘 늘지도 않고 간신히 먹고 사는 정도로만 유지한다. 재료를 이해하고 적당한 불 조절과 원재료를 해치지 않는 삼삼한 간으로 채워지는 엄마의 밥상, 다달이 제철 음식을 먹다 보면 사계절이 거기 있었다. 조선호박이 맛있는 여름에는 호박찌개와 노각 무침, 알감자 간장조림이 밥도둑이다. 추위가 파고드는 겨울에는 엄마의 푸짐한 비지찌개로 밥 한 그릇 뚝딱하면 몸이 온기로 가득 찬다. 이곳으로 이사를 온 후 5월 초순이면 엄마는 지천에 있는 여린 뽕잎을 따서 젓가락을 멈출 수 없는 신선한 뽕잎나물을 무쳐 주신다.

"이건 지금만 먹을 수 있어. 아주 여릴 때, 뽕나무도 종류가 있는데 이건 조선뽕이야."

태어나서부터 맛을 본 엄마의 음식을 마흔이 넘어서도 아기 새처럼 받아먹으며 이 순간이 영원하기만을 바랄 뿐이다. 이쯤에서 오복이에게 엄마의 밥상은 어떤 의미일까 생각하면 자신이 없다. 하지만 할머니의 손맛에, 엄마의 온기를 더하는 것으로 채울 수 있지 않을까? 음식을 만들고 나누어 먹는 것에 정성을 다하지는 못하지만 편지를 보내고 답장을 받듯 너와 나의 방법으로 우리의 온기를 채울 수 있을 거야. 부엌이 꼭 엄마의 공간이 아니라는 것을 염려할 필요는 없다. 어둑어둑해지는 저녁, 빈약한 밥상이지만 가족이 좋아하는 완두콩 넣어 따뜻한 밥을 지어본다. 배려의 언어를 갖고 있는 오복이가 언젠가 말했다.

"엄마가 주는 물이 참 맛있네."

'고마워, 오복아.'

잔디에 대하여

모든 풀이, 나무가 신통하고 예쁘지만 그중 내 마음이 그리 끌리지 않는 것이 잔디였다. 그 억센 질감과 지루함이 참 매력 없다. 그런 잔디를 1년이 넘는 시간 동안 고민해서 심었는데 마음이 가지 않으니 심자마자 난감했다. 보슬보슬한 흙을 덮어버린 잔디는 마치 모든 숨구멍을 막고 심해로 심해로 가라앉아버리는 먹먹한 느낌마저 주었다. 이 무슨 논리인지……. 모던한 외장재로 치장한 '등발' 좋은 2층집을 짓고, 아기자기하고 낡은 유럽의 작은 시골집 같은 정원을 상상하며 잔디보다는 흙을 밟을 수 있는 정겨운 한국의 마당을 원하다니, 나로 살아가는 어려움이다. 낮은 건폐율 탓에 2층으로 지어야만 해결이 되었던 실내 공간은 어쩔 수 없었다. 이미 커져버린 집으로 어울리지 않는 소담한 정원은 저 멀리 갔지만 잔디만큼은 내가 선택할 수 있지 않겠나 싶다. 까짓것, 까자.

잔디는 어느 거리에서 감상하느냐에 따라 평가가 다른 듯하다. 그다지 마음에 안 드는 잔디지만 집 안의 창을 통해 보이는 정원 속 잔디는 고운 카펫처럼 뽀송하다. 주로 집 안에서 생활하는 '안사람' 지훈은 그래서 잔디를 좋아하나 보다. 바깥사람인 나는 푸르고 넓은 잔디 마당보다는 화단과 오솔길이 있는 풍성한 정원이 더 좋았겠다 싶다. 화단 사이사이를 거닐며 식물의 변화를 살피고 가꾸는 사람에게는 다양한 아이들의 변화를 보는

맛이 더 크다. 잔디는 언제든 바꾸면 그만이지만
1년을 넘게 혹사시킨 내 손 관절에게 미안해서 엄두를 못 내고
있었다. 그래, 사부작사부작 아주 조금씩 바꿔나가자.
그런데 곧 생일이 코앞이라는 생각이 번뜩 떠올랐다.
지훈에게 부분적으로 잔디 들어내기를 내 선물로
제안해야겠다. 생일 선물이라는 건 모름지기 직접 사긴 좀
아깝거나 혹은 사치스러워서 누구에게 바라야 적당한
그런 것이니까.

안부

입주를 하고 제법 긴 시간을 AS에 공들여야 했다. 살림을 들인 생활공간에서 진행되는 공사는 여간 피곤한 일이 아니다. 빽빽하게 짠 일정 탓에 피로가 크지만 그래도 오늘은 우리 집을 지어주신 목수 박 팀장님이 오시는 반가운 날이다.

처음 박 팀장님을 뵈었을 때에는 밝은 인사 속에 왠지 모를 낯가림의 느낌이 있었다. 현장에 계신 분이라 으레 털털하고 투박한 느낌일 것이라고 상상했던 나는 조금 새롭고 조심스러웠다. 한 발 먼저 설계도를 그리고 마감재까지도 발로 뛰어 샘플 정리까지 마쳐두었던 나의 극성은 현장에서도 다르지 않았다. 매일 찾아가는 현장, 낯섦도 잠시, 우리는 팀장님과 조금씩 친해졌다.

팀장님과 집을 짓는 과정은 우리에겐 놀라움의 연속이었다. 작은 디테일 하나하나가 남달리 중요한 건축주, 유난히 복잡한 설계로 다양하고 생소한 요구는 많고도 많았으니 작업하는 분들의 불평과 과중한 업무 등으로 얼마나 힘드셨을까. 그럼에도 우리 집 터에서는 팀장님의 호탕한 웃음소리가 그치지 않았다. 남다른 설계임에도 반짝이는 얼굴로 늘 반겨주시고 우리가 미처 발견하지 못한 것까지 고민해 제안해주셨다. 거기다 최양락도 울고 갈 충청도식 개그 본능까지. 우리가 복이 많아서 팔방미인 박 팀장님을 만났나 보다 하는 생각이 들 정도였다.

천천히 한 걸음 한 걸음 적당한 속도로 신뢰를 쌓아가며 가까워지는 자연스러운 관계는 마음을 편안하게 했다.

집의 골조를 세우고 내장 마감까지 마치면 빌더 팀은 현장에서 철수한다. 인테리어와 마감, 마지막 공정 마무리는 몇 배로 힘이 들었고 몸과 마음이 너덜너덜해졌다. 그에 비해 집을 세우는 내내 우리의 마음을 편하게 해주신 박 팀장님을 다시 뵙는다는 건 그동안의 긴장을 녹이는, 편안한 위로와 같았다. 오랜만에 우리 집을 찾은 박 팀장님과는 그날도 호탕한 웃음으로 첫인사를 나눴다.

"잘 지냈슈? 별일 없쥬? 하하하."

"팀장님- 하하하하하."

간단한 인사만으로도 한참을 웃으며 맞이할 수 있는 이러한 관계는 복이 아닐 수 없지 않겠는가? 그날의 정해진 작업을 마치고도 박 팀장님은 더 해줄 것을 일부러 찾아다니며 마음을 담아 한참 동안 집을 돌봐주셨다. 집을 지으면서, 그리고 짓고 난 후에도 가장 많이 생각나는 분이다. 지금은 어느 현장에서 작업을 하고 계실지……. 마음으로 그리고 이 글로 안부를 여쭙는다.

\+ 혹자는 AS할 곳이 많다고 하면 건축 과정에서 집을 잘못 지은 게 아닌가 생각할 수 있다. 일부분 맞는 말일

수 있지만 큰 틀에서는 잘못된 생각이기도 하다. 정성으로 집을 쌓아 올리는 과정은 사람과 자연이 함께하는 일이다. 집을 짓는 사람의 고민과 정성의 차이는 후작업의 양을 어느 정도 줄이겠지만 100퍼센트는 있을 수 없다. 외부의 온도와 습도 등 자연의 영향과 그 안에 사람이 머물며 새롭게 자리하는 온기와 집이 만나는 것은 모두 처음이다. 집도 사람처럼 결국 그 환경에 적응하며 맞춰가는 시간이 필요한 것이다. 집을 짓기로 마음먹었다면 이런 부분에 대한 마음가짐이 무엇보다 우선이지 않을까 싶다. 이는 집을 함께 지어나가는 모두와의 관계에서 필요하며 우리 집과의 오해를 줄일 수 있는 방법이다.

보물 찾기

그림을 본 여행가 P가 말했다.

“이탈리아 밀라노 중부 아래에는 이런 모양의 산이 없어. 이런 산은 북쪽에 있지. 경찰 제복도 이탈리아네. 음……. 집이나 첨탑의 모양은 오스트리아 또는 독일의 형태이고. 그런 걸 보면 오스트리아와 이탈리아의 경계선쯤 오스트리아 티롤 지방과 이웃한 이탈리아 북부 베로나 위쪽 볼차노 지역일 것 같아. 그 지역은 독일어를 사용하지.”

재미있는 건 빈티지 상점에도 ‘독일인의 일상’이라는 제목으로 소개되어 있었다는 것이다. P의 추리와 제목으로 그 옛날 그들의 일상을 상상해본다. 알몸으로 노천에서 목욕을 하고, 바로 그 옆에서 약속 시간을 체크하듯 시계를 보는 신사라니, 귀엽고 재밌지 않은가. 무명의 작가는 그들의 생활상을 그대로 그렸던 걸까, 상상 속 시간을 그린 걸까?

가구나 다른 소품들과는 달리 그림은 정말 어렵다. 그림 자체로도 매력이 있어야 하고, 이미 갖춰진 공간에 그것을 두었을 때 어색하지 않아야 한다. 처음 그림을 본 후로 상점에 몇 번을 갔는지 모르겠다. 이 그림은 유난히 어렵게 결정했다. 주머니 사정 때문에도 그랬지만, 반은 음반 수납장으로 채워진 벽면에 그 묘한 색감이 어떻게 어우러질지 예상이 안 되었다. 하지만 기우였을 뿐, 겹겹이 꽂힌 음반의 회화적인 톤과 자연스럽게 어우러졌다. 찰떡이다. 거기에 이런 이야기들을 풀어 듣게 되다니 더 즐거울 수밖에.

그다음은 액자가 문제였다. 그림에 맞는 액자를 선택한다는 건 참 어려운 일이다. 아무리 내가 전직 디자이너였지만 그 수많은 선택을 모두 경험에서 가져올 수는 없다. 그림과 액자라니, 생소하기 그지없다. 그 옛날 나의 졸업 작품을 생각해보니 다시 손발이 오그라든다. 작품 내용이든 프레임이든, 그땐 뭐 그리 당당했을까? 이럴 땐 쓸데없는 자신감은 버려두고 전문가나 다른 이들의 수많은 경험을 빌려야 좋은 결과가 나온다. 액자 하나 가지고 뭐 이리 거창한가 싶지만 섣불리 맞지 않는 액자를 끼운다면 어렵게 찾은 재밌는 그림은 온데간데없고 볼 때마다 괴로울 게 뻔하다. 그렇게 두 번 세 번 수정해서 비용을 낭비하고서야 잘 맞는 액자를 갖게 된다면 이 그림을 찾은 기쁨은 모두 물거품이 될 것이다. 애써 찾은 그림이니 그에 맞는 옷을 입혀주고 싶었다.

언제나 시작은 자료를 찾아보는 것이다. 그렇게 수없이 보고 눈에 익히다 보면 점점 내 취향이 나오고, 좋고 나쁨이 보이기 시작한다. 멀미가 날 정도로 후벼 파다 보니 몇 가지로

추려졌다. 그다음에는 원하는 디자인의 액자를 맞출 곳을 찾아야 한다. 문제는 여기서부터 시작되었다. 이곳은 시골이고 대부분의 액자 맞춤집은 도시에 있었다. 이 동네에서나 살살 운전이 가능한 나에게는 산 너머 산이다. 내 머릿속에 무엇이 있는지 알 턱이 없는 지훈에게 모든 걸 설명하고 앞세워 동행할 엄두도 안 난다. 뭐 설명한들 관심 밖일 것이다. 이럴 때면 마흔을 넘긴 나이에도 답답하기만 한 나의 기동력은 참 어이없지만 이 또한 내 능력의 한계이니 인정하고 빨리 다른 방법을 찾아야 한다. 포기를 하고 캔버스 마감인 채로 그냥 걸어야 하나 기운이 빠진 채 마지막으로 찾아본 키워드, '양평 액자'. 앗, 뭔가 하나가 나왔다. 아주 오래전 마지막으로 관리된 듯한 홈페이지 하나, 그래도 전화번호가 있으니 다행이다. 직접 만나서 의논할 수 있다면 가능할지도 모르겠다는 생각을 품고 그렇게 작업실로 찾아갔다.

집에서 10여 분 거리의 작업장은 액자를 만드는 곳이라기보다는 여느 화가의 작업실처럼 회화 작품과 화구들로 가득했다. 인기척 없는 공간에서 "실례합니다"를 여러 번 외치니 노신사 한 분이 나오신다. 자연스럽게 그림을 보여주고 찾아온 이유를 설명했다. 조용히 듣던 주인분은 몇 가지 소재의 액자 프레임을 보여주며 방향을 말씀해주셨다. 다행히 내가 원하던 프레임과 비슷했다.

다만 프레임 색상이나 프레임과 그림의 간격에서는 두 사람 사이의 의견이 달랐다. 본 직업이 화가인 주인분은 본인의 작품에 걸맞은 액자를 만들기 위해 액자 제작까지 하게 되었고, 작품 활동이 여의치 않게 되자 액자 만드는 것이 본업이 되었다는 사연을 들려주셨다. 작품과 액자에 대한 그분의 철학을 엿볼 수 있었다. 결국 알아서 잘 해달라고 부탁드리며 작업실을 나섰다. 이미 마음을 정하고 찾아갔지만 그분의 말씀이 맞았고, 또 나름 꼼꼼히 자료를 찾아보았다지만 나에겐 경험이 없지 않은가.

5일 정도 후 다시 작업실을 찾았다. 제법 긴 시간 동안 그림의 배경색에서 연결하기 위해 세필로 그림을 그리듯 여러 번의 덧칠을 하셨다는 주인분의 설명을 들으며 그림을 받아보았다. '아, 이건 아닌데……. 내가 가장 싫어하는 그린 톤의 목재 프레임이라니.' 소리 내어 말을 하지 못했지만 아마도 실망감이 역력한 내 표정에서 손님의 마음을 읽으셨을 것이다. 콧등에 걸친 돋보기 너머 시선은 나만큼 실망하신 듯했다. 애써 감사하다는 인사를 드렸지만 조금은 어색한 기운을 남기고 돌아왔다.

집으로 돌아와 미리 자리 잡았던 곳에 액자를 걸고, 기대 없는 발걸음으로 서너 걸음 뒤의 소파로 갔다. 풍선 바람 빠지듯 털썩 앉아 그림을 바라보았다. 그렇게 한참을 기대라고는 찾아볼 수 없는 흐린 눈으로 보고 있다 보니 '어, 생각보다 괜찮은데' 하는 생각이 든다. 조금씩 시야가 선명해지고 서서히 몸에 힘이 채워졌다. 수많은 음반이 꽂힌 장과 그림, 그리고 조명 그 전체가 하나로 보였다. '맙소사. 도드라지지 않은 저 액자가 아니라 존재감을 뽐내는 다른 액자였다면 얼마나 어색하고 산만했을까.' 머릿속을 스치는 생각이었다. 내 생각이 틀렸다는 걸 정확하게 깨달았다. 실망하셨던 그분의 기운 빠진 얼굴이 다시 한번 떠올랐다. 왜 그랬을까. 이럴 때면 감정을 못 감추는 내가 한심스럽다. 늦었지만 나의 아쉬움이 틀렸다고 재차 감사의 인사를 보내드렸다.

잘 해보려는 노력은 가상했지만 결국 실패로 남았을 작업에 운수 좋게도 귀인을 만나 잘 마무리되었다는 빈티지 이야기는 여기서 끝! 또 어디에서 어떤 보물을 찾아볼까?

잡초 요정

중학교 1학년 때였나 보다. 나는 두툼한 교복 코트를 입고 집에 가는 시내버스에서 좌석 손잡이를 잡고 서 있었다. 앞뒤 자리로 일행인 듯 보였던 중년의 아주머니 두 분은 대화를 멈추거나 나에게 동의를 구하는 어떤 동작도 없이 손잡이를 잡은 내 팔의 보풀을 뜯으며 이야기를 나누셨다. 누가 먼저일 것 없이 자연스럽게 말이다. 집으로 가는 내내 나는 옴짝달싹하지 못하고 그 상황을 이해할 수 없는 눈빛으로 바라볼 뿐이었다. 아주머니는 목적지에 다다르자 "남은 건 집에 가서 엄마한테 뜯어달라고 해"라는 말씀을 남기고 버스에서 내리셨다. 참 이상한 아주머니였다.

이웃 마당에서 두런두런 대화를 하다 보니 나는 어느새 마당에 주저앉아 보풀 뜯듯 잡초를 뽑고 있었다. 이웃집은 주말 주택으로 사용하는 집이다. 수시로 돌볼 수 없는 정원에는 잡초가 많이도 퍼져 있었다. 이웃의 아이는 제 집 마당의 잡초를 뽑고 있는 내게 미안했던지 "잡초 뽑고 싶은데 댁에 잡초가 없어서 우리 집 잡초 뽑으시는 거죠?"라고 말하고는 멋쩍은 듯 집 안으로 들어갔다. "그럼, 그럼." 마흔을 훌쩍 넘기고 나니 영락없이 내 코트의 보풀을 뜯어주시던 아주머니의 모습이다.

'비 온 후, 촉촉하게 젖은 마당의 잡초를 뽑는 손맛이 또 일품이거든.'

생각처럼 내가 잡초와 전쟁을 벌이는 일은 별로 없다. 마당 생활이 즐거운 봄날, 봄비가 내린 뒤 마당을 산책하며 들여다보면 월동한 잡초들이 빼꼼이 올라온다. 큰 시간 들일 것 없이 보일 때마다 쏙쏙 뽑아주면 크게 번지지 않아 무더운 여름이 다가올수록 뽑을 잡초가 줄어든다. 내가 화단에 심어둔 식물의 씨앗이 퍼져 이곳저곳에서 올라오기도 해 내가 키우는 식물의 새싹과 그렇지 않은 식물을 나누는 작업이기도 하다. 이 모든 과정이 식물을 살피는 일일 텐데 가끔은 뽑을 잡초가 없으면 서운하다. 수시로 잠든 아이의 이마를 쓰다듬으며 체온을 체크하고 이불을 끌어 배를 덮어주느라 온 잠을 잘 수 없는 그런 엄마의 마음과 비슷하겠다. 관심에서 오는 정성이다. 빨래는 밀려도 잡초는 밀리지 않는 정원에 대한 진심이라고 할까?

욕조에 빠진 날

"빡, 윽, 우당탕, 아악, 하아아아악, 꺄, 흐억, 퍽, 으악."

우리 집에서는 마치 문을 닫는 소리와 비슷할 만큼 여러 번 들을 수 있는 일상의 소리다. 자주 부딪히고 떨어뜨리고 어디에든 걸려 넘어지는 지훈은 손톱만 한 상처에도 칼에 찔린 듯 괴성을 지르는, 어디에 내놔도 남부럽지 않은 엄살을 가지고 있다. 어쩌다 친정엄마가 와 계실 때면 사위의 엄살 비명에 심장이 철렁 내려앉았다며 가슴을 쓸어내린다. 또 옆집 바비큐 파티에 초대받은 날은 지훈에게 아무것도 시키지 않는 건 암묵적 약속이다. 물건을 가져다주길 부탁이라도 하면 일어나며 테이블을 건드려 술잔을 엎기 일쑤고, 고기라도 굽는 날에는 고기마저 성할 리 없다는 걸 모두 알고 있다. 그런 그가 허튼 손짓 하나 없고, 차분한 몸짓으로 무엇 하나 다치지 않는 곳이 있으니 그곳은 음악방이다. 스피커와 엄청난 기기들, 수천 장의 음반, 그리고 도대체 존재의 이유를 모르겠는 엄청난 두께의 케이블, 그렇게 복잡한 안전지대가 또 없다. 그 방 안의 지훈은 유려한 발레리노였다가 방문을 열고 나서는 순간 질주하는 경주마가 된다.

15년을 보아온 나와 태어나서 지금까지 아빠의 엄살을 보아온 딸아이는 집 안에 울려 퍼지는 비명 소리를 마치 남편이, 아빠가 살아 숨 쉬고 있다는 신호쯤으로 여긴다.

여느 날처럼 저녁 식사를 마치고 우리는 평화롭게 각자의 시간을 보내고 있었다. 지훈은 1층 욕조에서 반신욕을, 나는 침실에서 쉬고 있었고 오복이는 침실 옆에 있는 자신의 방에서 꼬물꼬물 놀고 있었다. 곧이어 평화의 정적을 깨는, 평소와 사뭇 다른 비명이 들려왔다. '뭔가 다르다.' 바로 직감한 나와 오복이는 동시에 방문을 열고 나와 2층 복도에서 눈이 마주쳤다. 그러고는 누가 먼저랄 것 없이 1층 욕실로 뛰어 내려갔다.

평소와 달랐던 소리만큼 사고 현장도 달랐다. 욕조에는 블랙홀 같은 까만 구멍이 지훈의 엉덩이 크기만 하게 있었고 그 위로 어기적어기적 몸을 못 가누는 지훈이 세상 제일 불쌍한 얼굴로 있었다. '하, 이건 뭐지.' 기가 막히는 상황에서 정신을 가다듬고 지훈을 먼저 살폈다. 등 위로 굵은 상처가 길게 났지만 다행히 찢어진 건 아니었다. 골절이나 근육통이 걱정되어 한참을 살폈다.

"세상에 별일이 다 있네. 괜찮아, 괜찮아. 아프지? 몸이 움직여지는지 보자. 뼈는 괜찮아도 근육은 놀랐을 거야. 시간이 지날수록 통증이 올 거야. 상처 치료하고 몸을 편하게 하자." 크게 다친 곳은 없다는 걸 확인한 후 그제야 우리는 웃었다.

욕조 재질이 도기이다 보니 깨진 단면이 칼처럼

날카로운데 상처가 그만하길 천만다행이었다. '아 맞다, 도기 재질…….' 욕조를 판매하시던 분의 설명이 불현듯 떠올랐다.

"아크릴 욕조가 저렴해요. 장점은 여간해선 안 깨지지. 대신 스크래치가 많이 생겨요. 그에 비해 오닉스 욕조는 돌가루가 들어갔어요. 그래서 더 단단하고 고급스럽지. 스크래치도 잘 안 생기고, 물 온도 유지도 더 잘 돼요. 그런데 깨질 수 있어. 물론 그럴 일은 거의 없지만……."

맙소사. 거의 일어나지 않는 일이 우리에게 일어난 건가? 욕조 구멍을 한참 보고 있자니 기가 막힌다. 이제야 내 마음의 소리가 들린다. '왜죠? 왜 이러는 거죠?'

흠……. 욕조와 맞닿은 공정들을 보자. 벽면 타일, 욕조 스커트 타일, 욕조 위 유리 파티션, 각종 마감재가 만나는 곳마다 실리콘 작업. 대충 따져봐도 공정이 서너 가지다. 거기다 이미 작업이 되었던 실리콘들은 떼어내더라도 매우 지저분할 것이다. 돈으로도 해결이 어려운 과정들까지, 머리가 지끈거린다. 어쩜 엉덩이 대고 오린 것처럼 잘도 뚫어놨다. 아이고, 머리야.

'뭐 자주 사용하는 욕조도 아닌데 저 안에 그냥 나무를 심을까? 김칫독이라도 묻을까?' 아무 상상으로 허허 웃어보지만 이게 꿈이길 바라본다. 이런 일이 있을 때면 지훈은 이렇게 말한다.

"난 최소 200평에선 살아야 하는 사람이야. 우리 집은 너무 좁다고."

이 에피소드를 접하는 사람들은 이야기에 놀라고, 지훈을 보고 두 번 놀란다.

"아니, 남편분이 엄청난 거구인 줄……."

새로 지은
헌 집

아내는 전부터 낡고 오래된 물건을 좋아했다. 가령 내가 초등학교시절에 몇 번의 이사 끝에 버려진 것임에 틀림없어 보이는 물컵이라든가 색이 바래고 군데군데 까져서 얼룩덜룩한 의자라든가 하는 재활용쓰레기장 한편에 있어도 전혀 이상하지 않을 그런 물건들, 그런 취향을 나에게 강요했다. 아량이 넓은 나는 그 때문에 싸우진 않았다. 반면에 나는 박스에서 갓 꺼내 지문 하나 묻지 않은 새 제품을 선호한다. 나는 박스마저도 깨끗이 보관하는 성격이다. 제품의 보호 필름을 벗겨야 할 때면 벗기는 쾌감보다 헌 것이 되고 만다는 불안감이 더 큰 사람이다. 아내는 나를 이해하지 못한다. 그러나 나는 새 제품 사서 오래오래 잘 쓰는 것이 심리적으로나 경제적으로 이득이라 생각한다.

지금 우리 집은 분명 지은 지 얼마 안 된 새집인데, 집 안은 온갖 헌 가구들로 채워져 있다. 식탁, 의자, 테이블, 조명, 커피잔 등. 우리 집이 새집인 이유는 건축 자재로 쓰인 벽돌이며 타일이며 마루 등, 헌 자재를 수급해 집을 지을 수 없었기 때문일 뿐, 하마터면 '새로 지은 헌 집'이 될 뻔했다.

백화점 쇼핑을 즐기는 나를 끌고(말 그대로 끌려갔다) 빈티지숍이라는 곳에 갔을 때의 충격은 이루 말할 수가 없다. 충격이라는 표현은 전혀 과장이 아닌데, 세계 각국에서 버렸을 법한 온갖 쓰레기를 가득 채워놓고 장사를 한다는 것이 첫 번째 놀라움이었고, 가격표가 붙어 있지 않은 그 쓰레기(라고 당시에는 보였던)들의 가격을 알게 되었을 때, 한 놈만 걸려라 하는 식의 배짱이 대단하다고 생각했기 때문이다. 취향을 합리와 이성으로 설득할 수 없다는 것은 알지만, 나는 낡음의 가치에 대한 인지 부조화를 엉뚱하게도 내 취미 영역인 오디오에서 해소했다.

오디오는 전기를 활용한 기술적 영역이고, 급속하게 발전하고 있는 현대 기술이 가뿐하게 과거의 것을 압도할 수 있다는 믿음은 논할 필요조차 없다. 1980년대에 사용하던 TV와 지금의 풀HD나 4K 패널이 장착된 TV의 화질을 비교할 필요가 없는 것처럼. 그럼에도 어느덧 내 수중에는 1950년대 산 진공관이 장착된 앰프와 1960년대 산 스피커가 한 조 들어왔다. 할아버지 집에서 본 듯한 가구 느낌의 스피커. 제조한 지 60년이 넘었으니 정말 할아버지가 된 스피커다. 저것이 가구인지 기기인지 모를 경계가 모호한 분위기를 자아내는 스피커 유닛의 외형적 아름다움에 반했던 것이다. 새것을 좋아하는 내게도 옛 물건에 대한 막연한 동경, 희소성, 그리고 반 유행을 추구하는 정서가 있었던 것 같다.

그런데 나는 곧 깨달았다. 이 오래된 오디오에서 빈티지한 자태와 아직도 보란 듯 소리를 내어주는 노익장에 경탄하는 것은 그 물성의 본질을 흐리는 자세라는 것을……. 아무리 비교해 들어보아도 최신의 기술이 들어간 앰프와 스피커보다도 훌륭한 소리를 들려주었던 것이다. 머리로 들어도 맑고 깨끗한 소리이고, 가슴으로 느껴도 영롱한

울림은 과연 현대의 기기에서 듣기 힘든 경험이었다. 빈티지의 감성은 그 소리 위에 얹히는 득일 뿐 실질적인 실력 자체가 대단히 뛰어나다.

어찌 그럴 수 있는지 잘은 모르겠지만 아마도 어떤 영역의 제조품은 분명 그 시절의 집약된 기술을 현대의 기술이 따라가지 못하는 면이 있는 것 같다. 아마 기술이 퇴보했다기보다 효율을 추구하는 현대의 제조 시스템에서는 무언가를 만들 때 결코 과거만큼의 시간과 열정을 투입할 수 없기 때문일 것이다. 그런 예는 LP판에서도 찾을 수 있다. 이렇게 오래된 물건들의 역사를 추적하다 보면 누가 어떻게 만들었고 어떤 쓰임이었는지를 알아보고 족보 끝에 내 이름을 새기는 상상도 해본다.

그렇게 우리 집의 물건들은 낡아도 버릴 수 없는 애장품이 된다. 나도 갈수록 오래된 물건들이 좋다. 새로운 것을 거부하고 옛것을 고수하려는 보수적 성향이 되어가는 것일까. 혹은 물질에 휘둘리는 것에 대한 피로감 때문에 니힐리즘에 빠진 것일 수도 있겠다. 하긴 내가 나이 들어 낡고 있는데, 물건만 새것을 쓰면 무엇하랴 싶기도 하다. 아내는 말한다.

"예쁘잖아!"

아내에게 다른 의미 부여는 사족일 뿐이다. 그렇게 낡은 것들과 함께 나이를 먹는다.

잔디는
내가 깎는다

3년 사이 아내에게 정원을 가꾸는 일은 노동이 아니라 취미의 영역으로 자리 잡았다. 집 밖에서 힘을 써서 해야 하는 일이어서 중노동에 가까운 일임에 분명하다. 그런데 아내는 죽도록 힘들지언정 이토록 재미있는 일은 평생 처음이라고 한다. 이해할 수는 없지만 아내가 좋다니 나도 좋다.

한 날은 아침부터 저녁까지 마당에서 정원을 가꾼다. 멀쩡한 화단의 경계를 다시 바꾸고, 땅의 높낮이를 바꾼다. 본인보다 큰 나무를 질질 끌고 와 옮겨 심는다. 머리끄덩이를 잡힌 나무도 고생이다. 나무를 옮겨 심기 위해 능숙하게 삽질을 하고 작은 꽃나무의 자리 정도는 장갑 낀 손만으로 한순간에 파낸다.

아내가 대견한 한편 미안한 마음도 든다. 신발에 흙 묻거나 손톱에 때 끼는 것을 못 견디는 남편을 둔 아내의 처지를 생각하니 말이다. 정원의 일들은 나에겐 미지의 영역이다. 마치 컴퓨터 조립이나 소프트웨어 설치에 관해 아내가 갖는 정도의 관심일 것이다. 덕분에 우리 집 마당은 자랑하고 싶을 만큼 예뻐졌다. 조경 업체에 맡기지 않고 손수 삽과 호미를 들고 사계절의 자연과 함께 보듬어서 만든 공간. 보고 있으면 기분이 좋아진다. 잔디 심기는 맨 마지막 일이었다. 모든 것이 조화롭게 꾸며진 깨끗한 실내와는 다르게 집 바깥은 한동안 척박한 환경이었다.

애초에 조경을 건축 비용 안에 포함하지 않았던 탓도 있지만 아내는 기능적인 것이 아닌 심미적인 영역에 대해서는 상당히 신중하게 결정을 하는 편이어서 오랜 시간 마당을 도화지 삼아 수정에 수정을 거듭해야 했다. 아내는 조경 업체의 능수능란한 판단을 거부했고 내 공간이 삽시간에 변신하는 것을 원하지 않았다. 그 덕에 우리 집 마당은 1년 넘게 흙바닥으로 있어야 했고 바람이 불면 흙먼지가 날리고 비가 오면 진창이 되었다. 신발에 흙 묻는 것을 싫어하는 나는 살짝 불편했다. 그렇지만 마당에 잘 나가지 않았기에 별다른 불만이라 할 일도 아니었다. 실은 아내의 결정과 큐 사인을 기다리는 것이 가장 현명한 일이라는 것을 알았던 것이다. 무엇보다 가장 큰 즐거움이었을 그 고민의 시간을 빼앗을 이유도 없었다.

조경 업체에 맡겼다면 한 시간 둘러보고 정해질 수 있었던 화단의 경계와 수목의 종류를 아내는 두고두고 고민했다. 하나하나 조금씩 더했다. 결심만 하면 반나절이면 볼 수 있는 푸른 잔디를 우리는 사계절을 넘긴 후에야 밟을 수 있었다. 마당이 내 눈에 들어오기 시작한 건 그렇게 잔디가 깔린 후다.

전원주택을 연상하면 나는 언제나 잔디 깔린 마당을 떠올렸다. 늦은 봄과 가을까지 푸름을 선사하는 잔디는 내가 전원주택에서 정작 누려야 할 것을 누리고 있다는 분명한 이미지이자 의식이라고 여겨졌다. 단풍보다 조금

늦게 옅은 황색으로 변하는 겨울 잔디는 겨울대로의 포근함이 있다. 아빠와 잡기 놀이를 가장 즐거워하는 아이와 뛰노는 장소도 잔디 위다. 잔디 위에서 뛰놀면 가진 것과 관계없이 부자가 된 기분이다. 알 수 없는 일이다.
골프 스윙 연습도 할 수 있다. 아파트의 최첨단 운동 시설은 아니지만 여유롭다. 예상할 수 있는 일이다. 내게 전원주택 마당에 마땅히 있어야 하는 것은 바비큐 그릴이 아니라 푸른 잔디다.

한편 그 기간 동안 우리 집을 다녀간 수많은 사람에게서 정원에 대해서 이런저런 조언을 듣게 되었는데 하나같이 잔디 까는 것을 만류했다. 잔디가 너무 빨리 자라서 자주 깎아야 하고, 잔디 사이에 잡풀이 엄청나게 자라나서 뽑아주는 일이 보통이 아니라는 것이다. 조금만 게을렀다간 아마존 정글이 되어 우거진 수풀을 헤치고 다녀야 한다는 과장도 곁들인다. 심지어 잔디 관리를 감당하지 못해 결국은 시멘트로 덮어버렸다는 엄포도 놓는다.

몸으로 하는 모든 일에 서툰 나는 지레 겁을 먹었다. 그러나 푸른 잔디는 전원주택의 결정체나 다름이 없기에 잔디 관리만큼은 아무리 어려워도 내가 하기로 결심한다. 잔디 깎는 기계가 제법 크고 무거워서 여자가 하기엔 버겁다. 아내가 이만큼 했으니 잔디 깎는 것 정도는 내가 해야 하지 않겠는가? 잔디와 관련해서 만큼은 그렇게 큰소리쳤다. 그리고 잘 해내고 있다, 고 쓰자니 사뭇 양심에 걸린다.

잔디 깎는 일? 생각보다 대단한 일은 아니다. 기계가 다 해준다. 봄에 한 번, 여름에 두어 번 하면 될 일이다. 굳이 따진다면 헤어숍에 내 머리카락 자르러 가는 일보다도 덜 번거롭다.

잡초 뽑기는 비가 오고 나면 아내가 반사적으로 하는 일 중 하나다. 머리의 새치를 뽑는 듯한 쾌감이 있다나. 아내 덕에 잡초 뽑는 수고마저 내 몫이 아니다. 물론 잔디 깎는 기계를 밀고 끄는 것이 좀 힘들긴 하나 마트에서 바퀴가 잘 굴러가지 않는 카트를 미는 정도의 수고로움이다. 게다가 우리 집 마당은 그리 넓은 편도 아니다. 그래도 나는 늘 남들에겐 이렇게 허세를 부린다.

"잔디가 있는 마당은 전원주택의 정수입니다. 따라서 잔디 관리는 제가 합니다. 그 정도는 남자가 해야 할 일이죠!"

로망 그리고
땅콩버터

저승사자가 내려와 인간의 몸을 빌려 땅콩버터의 맛을 보게 된다. 처음 맛보는 부드러움과 고소함에 희열을 느낀다. 그러고는 인간사의 많은 것을 욕심내게 된다. 인간처럼 질투하고 상처 주고 결국 사랑에 빠지기까지 한다. 최근에 본 1998년 작 영화의 내용이다. 요즘 영화와는 달리 호흡이 길다. 세 시간의 러닝타임 동안 인상적인 장면이 많은데 나는 그중 유독 저승사자 '조(브래드 피트)'가 한 숟가락의 땅콩버터를 먹고 음미하는 신이 인상에 남았다. 영양가는 높지만 맛있을 게 없는 이유식만 먹다가 초콜릿을 처음 맛본 아이의 얼굴이었다.

호화로운 저택에서의 파티, 진수성찬을 두고 땅콩버터에 행복해하는 신의 모습이라니. 요즘 말로 '소확행'이라는 말이 잘 들어맞는 듯하다. 하지만 한편으로는 앞뒤가 맞지 않는 것도 같다. '소확행'은 빈부의 간극이 커져버린 현대사회에서 경쟁에 대한 포기와 자기 위안의 발로로 어쩔 수 없어서 선택한 삶의 한 유형일 것이다. 기득권이 소소한 행복을 강조하는 건 그 소소한 행복마저 차지하겠다는 것 같아서 어째 좀 불편하다. 전지전능하고 아쉬울 것 없는 '신'에게 '소확행'은, 나 같은 노동 계층과는 사뭇 다른 사치성 '소확행'이라는 생각이 든다. 그래서 나는 '소소하지만 확실한 행복'을 추구하는 트렌드가 그다지 편하지는 않다. 정확히는 그러한 트렌드가 나온 배경이

씁쓸하다.

지금의 내 삶에서 나의 땅콩버터는 무엇인지에 대해 생각해본다. 아침에 눈을 떠 아내와 내가 마실 커피를 직접 내리는 일, 딸이 아무 데나 벗어 둔 양말을 두고 아내와 티격태격하는 모습을 목격하는 일, 퇴근하면 무뚝뚝한 내게 하루의 일과를 미주알고주알 얘기해주는 아내, 오늘 배운 피아노 곡을 들려주겠다며 신발을 벗기가 무섭게 손을 잡아끄는 딸아이를 마주하는 순간, 맥주 한잔하며 미뤄둔 음반의 겉 비닐을 벗기는 일. 이러한 소소한 일상들은 내게 한 숟가락의 땅콩버터 같은 일들이다.

"40대 초반에 남들이 꿈꾸는 삶을 벌써 이루셨군요. 제 로망도 공기 좋은 곳에 전원주택을 짓고 유유자적한 삶을 사는 것이거든요."

나의 땅콩버터를 열거하고 나면 꼭 듣게 되는 반응들이다. 땅을 사서 집을 짓는 일이 대단하다고들 말한다. 물론 땅콩버터를 사는 것보다는 땅을 사는 일이 훨씬 대단하긴 하다. 이렇게도 대단한 일을 이루었고 그것이 전제가 되었기에 소박한 일상들은 반짝이는 오브제가 되어 남들이 꿈꾸는 상징적 장면으로서 연출되는 것 아니겠냐고 할 수 있겠다. 아무래도 집이라는 유형의 자산이 우리를 평가하는 데 큰 몫을 하는 것 같긴 하다. 그렇지만 사실은 이런 과대평가나 남들의 부러움을 사는 것에 나와 아내는 괴리감을 느낀다.

집을 지을 당시 우리는 직장 생활을 20년 넘도록 쉬지 않고 했건만 서울에 내 집 하나 마련하는 게 어려웠다. 서울 근교에 30평대 아파트를 구입할 재력이 없을뿐더러 전셋집 얻기에도 녹록지 않았다. 전원으로 온 후로도 장거리 출퇴근을 하며 치열한 일터에서 도시인과 똑같은 스트레스를 받고 있고, 생계를 위해서 매일 일을 해야 한다. 아직 한참 뒷바라지를 해야 하는 초등학교 저학년 딸아이도 있다. 현재는 그럭저럭 부족하지 않은 정도의 생활이 되지만, 이렇다 할 노후 준비가 되어 있지 않기에 앞으로 얼마나 더 일을 할 수 있을지를 걱정해야 한다. 그렇기에 우리에게 땅콩버터 한 숟가락의 행복은 결코 로망으로 포장된 사치가 아니다. 그렇다고 안빈낙도의 상징도 아니다. 그것은 '이상적인 삶'과 '가난하지만 행복한 삶' 그 중간 단계의 어딘가에 위치한 나를 상징하는 게 아닐까 싶다.

영화에서 저승사자 '조'의 임무는 65세의 성공한 사업가 '윌리엄(안소니 홉킨스)'을 저승으로 데려가야 하는 일이었다. 이번 생일이 마지막 생일이자 인생의 마지막 날임을 알고 있는 윌리엄은 지인들을 모두 한자리에 모아 놓고 이렇게 말한다.

"모두가 저만큼 행운 가득한 삶을 살기 바랍니다."

"어느 날 아침 눈을 떠서 이렇게 말할 수 있길 바랍니다. '더는 바랄 게 없다'라고요."

"65년, 눈 깜빡할 새 지나가지 않았나요."

영화는 역시 영화다. 나는 저승사자도 아니고 성공한 사업가도 아니어서 저런 말을 할 상황 자체가 성립되지 않을 듯하다. 더구나 내게는 극이 될 만한 얘깃거리가 별로 없다. 하지만 나 역시 45년 인생을 살아오면서 아직까지 행운 가득한 삶을 살았던 것은 분명하다. 신이 있다고 믿지 않기에 대상이 불분명하지만 나를 둘러싼 모든 것에 감사한다.

20년 후 혹은 30년 후의 먼 미래를 그려본다. 잘 그려지지가 않는다. 윤곽조차 잡히지 않는다. 가까운 미래를 그려본다. 어느 정도는 가늠이 된다. 단지 조금 더 일할 수 있고, 건강이 유지될 수 있기를 희망한다. 그리하여 딸이 교복 입는 모습도 보고 싶고, 사랑에 빠진 모습도 보고 싶다. 그때까지 내 인생의 행운이 좀더 유지되길 바란다. 원대한 꿈이 없고 도전을 선언하지 않았다고 해서 포기도 아니고 자조도 아니다. 암울한 시대에 희망은 그 자체로 필요한 일이니까.

What a Difference a Day Makes!

주말 일상 중 하나는 하루에 두 차례 커피를 마시는 일이다. 눈 뜨자마자 핸드밀로 원두를 분쇄하는 것이 휴일 아침의 시작이다. 원두를 갈기 전에 필요한 세팅이 상당한데, 우선 물을 끓일 주전자와 드립용 주전자가 따로 필요하고, 커피 양을 가늠할 계량 스푼과 저울이 필요하다. 그리고 깔때기 모양의 드리퍼와 추출한 커피를 받아낼 드립 서버, 종이 필터와 주전자에 끼울 수 있는 형태의 온도계를 준비한다. 이러한 도구들을 사용하는 방법과 절차들은 말솜씨가 엄청난 바리스타들의 동영상 강좌를 통해 배웠는데, 따라 하다 보니 나만의 습관과 방식이 생겨나게 되었다. 원두의 분쇄도, 물의 온도, 물이 흐르는 속도에 따라, 그리고 종이 필터의 프리워싱 여부 등 여러 변수에 따라 맛이 조금씩 달라지는데, 결국은 원두가 신선하고 내 입맛에 맞으면 맛있다는 것이 나의 단순한 결론이다. 열심히 동영상을 찍으셨을 바리스타께서 나의 소견을 보는 일이 없기를 바란다.

원두 25그램 정도를 핸드밀로 직접 가는 일은 여간 수고로운 일이 아니다. 커피는 볶은 정도에 따라 약배전, 중배전, 강배전으로 분류된다. 약배전에 가까울수록 원두 자체가 가진 다양한 맛과 향이 잘 느껴지는데 특히 산미가 잘 배어 난다. 그래서 나는 약배전이나 중배전의 원두를 좋아하는데 문제는 약배전일수록 커피가 단단하고 질긴 느낌이 들어서 원두를 분쇄할 때 팔에 힘이 더 들어간다는 점이다. 다행스럽게도 그렇게 힘들게 분쇄한 원두는 마침내 향으로 보답한다. 잘 볶인 원두를 분쇄한 가루의 향은 세상 으뜸가는 향이라고 생각한다. 실상 물을 붓기 시작하면 추출은 2분에서 3분 안에 끝난다. 그렇지만 추출 전 과정과 추출 후에 정리할 물건들이 늘어서 있는 것을 보자면 내가 왜 이 짓을 하고 있는가 하는 필연적인 물음이 따라온다. 가만 생각해보면 풍미가 뛰어난 커피를 마시기 위함이 전부는 아닌 것 같다. 분명히 나는 이 과정이 즐거운 것이다.

과정의 중요성은 음악 듣기에도 똑같이 대입된다. 스피커가 소리를 전달해주기 전까지 동반되어야 하는 과정이자 의식이 있다. 우선 LP를 꺼내기 전 앰프를 예열한다. 진공관 앰프가 아닌 트랜지스터 방식의 앰프도 통상적으로 전기가 인가된 후 일정 시간이 지나면 더 좋은 소리를 들려준다. 턴테이블의 뚜껑을 열고 어떤 음반을 고를지 고민한다. 모든 음반에는 추억이 얽혀 있어서 언제 어떤 연유로 저 음반을 소장하게 되었는가 하는 이야기, 그 음반과 내가 얽혀 있는 사연이 한꺼번에 소환된다. 그러므로 콜롬비아 산 원두를 먹을지, 에티오피아 산 원두를 먹을지 고르는 것보다 한결 더 신중하다.

LP는 단단한 종이로 되어 있는 재킷 안 또 다른 속 비닐에 보관되어 있는데 알판을 넣고 뺄 때 스크래치가 나지 않도록 조심해야 한다. LP판은 한 번 스크래치가 나면 회생할 수 없기에 절대로 떨어뜨려선 안 된다. 판을 플래터(판을 올려놓고 축을 중심으로 도는 베이스)에 올리고 바늘을 내리기 전에 LP 표면에 붙어 있는 먼지들을 융단 면으로 된 클리너로 닦아준다. 앰프의 볼륨을 조정하고 바늘을 내리면 비로소 소리가 난다. 한 면에 수록할 수 있는 양은 20분 남짓이어서 몇 곡을 듣고 나면 판을 뒤집어야 한다. 앞의 먼지 닦는 과정을 반복한 후 뒷면을 감상한다.

스마트폰을 몇 번 클릭해 스트리밍해서 듣는 시대에 번거롭기 짝이 없는 일이다. LP는 듣다가 맘에 들지 않는다고 건너뛰거나 빠르게 감을 수도 없다. 그저 바늘이 소릿골 끝에 다다를 때까지 집중해야 한다. 그래서 판을 조심스럽게 꺼내고, 닦아주고, 무릎 꿇고 판을 뒤집는 수고로움은 그 물질의 한 면이 들려주는 이야기에 집중하겠다는 마음가짐이며 진중한 의식과 다름없다. 결국 어떤 음반을 듣는다는 것은 단순한 '음악 감상'의 차원을 넘어선다. 아, 그래서 그렇게 직접 손으로 내린 커피 맛이 어떻냐고, 무릎 꿇고 내린 바늘이 내어주는 음질이 어떻냐고 물을 수 있겠다. 과연 그렇게 애써 할 만한 일들인지 말이다.

내가 가진 LP 중 가장 오래된 앨범은 다이나 워싱턴인데 1959년에 제작된 앨범이다. 이 음반을 꺼내면 60년 묵은 종이 냄새가 짙게 나고, 잉크가 조금씩 날아갔지만 그래서 더 멋진 재킷은 60여 년의 세월과 이야기를 담고 있다. 정말 놀라운 것은 뛰어난 음질이다. 당시의 기술이 이렇게 정교했단 말인가? 월 구독료를 조금 더 내면 제공해주는 디지털 고해상도 음원과 비교해도 내 가슴에는 아날로그의 소리가 더 좋게 들린다.

다이나 워싱턴이 부른 노래 〈What a Difference a Day Makes!〉에서 새로운 연인과 함께라면 하루를 채워주는 모든 것이 아름답게 보인다고 한 것처럼, 커피와 음반은 행복한 주말 하루를 더 윤택하게 해주는 마법이자 주술이다. 그래서 내게는 버튼 한 번으로 커피를 추출하는 캡슐 머신이 커피 추출의 대안이 될 수 없고, 클릭으로 스트리밍하는 음악이 듣기의 대안이 될 수 없다.

몽트뢰의
이방인

얼마 전 내 음악방에 걸려 있던 액자를 몇 개 바꿨다. 벼르고 별렀던 일이었다. 음악방의 분위기와 어울리게 빈 벽 공간에는 재즈 뮤지션의 사진이나 공연 포스터 같은 것들이 걸려 있다. 새로 걸린 액자는 스위스에서 매년 개최되는 몽트뢰 재즈 페스티벌의 포스터다. 이 재즈 페스티벌은 1967년부터 매년 7월에 개최되어온 페스티벌로 〈Live at Montreux〉, 〈Montreux Live〉 등 많은 재즈 라이브 앨범들이 이 지역의 명칭을 타이틀로 삼고 있다. 주최측은 매년 이 행사를 기념하는 공식 포스터를 선보이는데 하나같이 정말 근사한 예술 작품이다. 내가 구입한 것은 1969년, 1976년, 1977년의 포스터인데 사뭇 마음에 들어서 자꾸만 쳐다보게 된다.

몽트뢰는 스위스에서 가장 크고 경관이 수려한 제네바 호수(레만호) 옆에 있는 자그마한 휴양 도시이다. 피카소와 찰리 채플린 등 유명 인사들이 이곳에서 휴양을 하며 말년을 보냈다고 한다. 하지만 재즈에 조금이라도 관심 있는 사람들에게 있어서 몽트뢰라는 곳은 아름다운 경관의 관광지보다는 몽트뢰 재즈 페스티벌로 알려져 있을 것이다. 몽트뢰와의 인연은 20대 초반으로 거슬러 올라간다. 반세기의 몽트뢰 재즈 페스티벌 역사 중에서도 1977년의 행사가 가장 유명한데, 그 이유는 'Verve' 레이블의 창립자이자 'Jazz at the Philharmonic(JATP)' 행사를 주도했던 노먼 그란츠라는 인물이 이때의 공연을 15장의 앨범으로 기록했기 때문이다. 우연히 몽트뢰 77 앨범 한두 장을 접하게 된 이후 한동안 내 음악 듣기의 과제 중 하나는 15장의 〈Montreux 77〉 앨범 시리즈를 완성하는 것이 되었다. 세계 각국으로부터 장기간에 걸쳐 앨범 수집을 완료했을 때의 희열을 잊을 수가 없다. 내가 세상에 태어난 해에는 어떤 일들이 벌어졌을까 하는 것에 대한 궁금증을 나는 음반으로 확인했다. 구입한 포스터에 1977년이 포함된 것도 같은 연유다.

그렇게 나는 지구 반대편에 멀리 떨어져 있고, 발음도 어려운 이 '몽트뢰'라는 지명에 매우 익숙해졌고 동시에 막연한 동경을 갖기에 이르렀다. 이 막연한 동경은 구체적인 호기심과 욕망으로 발전했고 결국 인생 첫 해외 여행까지 계획하게 만들었다. 목적지는 다름 아닌 스위스의 몽트뢰. 오로지 '몽트뢰 재즈 페스티벌'에 가보겠다는 일념뿐이었다. 여행에는 별 관심이 없지만 음악을 너무 사랑해서, 기어코 음반이 녹음된 장소를 찾아가고야 마는 27세 청년이 바로 나였다는 것이 새삼 놀랍다. 이때는 회사 생활을 시작하고 딱 3년이 되었던 해였고, 3년 만기가 되어 찾은 저축 금액 중 일부를 여행 경비로 사용했던 기억이 난다.

내가 갔던 2003년은 37회였다. 혼자 떠난 첫 해외 여행이었다. 당시 스위스 몽트뢰에서는 동양인을 거의 볼 수 없었다. 6박 8일 동안 나는 완벽한 이방인이 되는 경험을 해보았다. 피부가 하얗고 키가 큰 사람들로만 둘러싸여 있다 보니 동질감이 전혀 없는 다른 종족이 되어 잘못 섞여 있는 기분이 들기도 했다. 그렇게 혼자여서 조금 외로웠지만 그래서 오롯이 음악을 즐길 수 있었다. 여정 동안의 매 순간이 아직도 생생하다. 그리고 당시의 다짐이 생각난다. 10년 후에 내가 37세가 되면, 그리고 그때 내 옆에 아내와 아이가 있다면 가족과 함께 꼭 한 번 다시 방문하리라.

두 번째 꿈은 이루어지지 못했다. 2013년을 돌이켜보면, 아이가 막 태어났고 일과 가정에 물질적 시간적 에너지를 쏟아야 했던 시기였다. 하지만 매년 7월이면 어김없이 몽트뢰에 출연하는 뮤지션들을 확인하고 음반을 찾아 들었고, 매해 공식 포스터를 보며 이거라도 하나씩 갖고 싶다는 생각을 하곤 했다. 그리고 19년 만에 포스터를 사기에 이르렀다. 다행히 미적 감각이 뛰어난 아내도 새로 구입한 몽트뢰 포스터를 보고 마음에 들어 한다. 동시에 지적을 빼놓지 않는다. 주변이 여백의 미가 없고 산만해서 정작 포스터가 돋보이지 못한다는 얘기다. 내가 봐도 그렇다. 지나치게 위쪽에 걸려 있어 눈높이와 맞지 않고, 사방에 물건들이 많아서 여백이 아쉽다. 하지만 어디에 있건 '몽트뢰'라는 명칭은 내 음악 듣기의 구심점이자 주제어다.

봄 여름 겨울 호미네 계절집

가을

말랑말랑
봄

날이 따뜻하니 벌써 마음이
말랑말랑하다.
삼색버드나무에
봄 새순이 나오기 전에
단정히 이발 좀 해줘야겠다 생각하다가,
붉은 벽돌에 새겨진
단풍나무 그림자에 마음을
빼앗겼다.

처음 1년 마당을 완성하기에
바빴던 마음과 지금은
사뭇 다르다.
조화롭고 자리에 맞아야겠지만
몇 해 사계절을 바라보니,
생명 하나하나가 보인다.
그래서 마당은 완성하지 않기로 했다.
그게 자연이지 뭐.

조각 봄볕

볕이 들어오는 창도
나무 의자도
흔들리는 나무도 모두가 반짝이는 날.
조각 창이 만드는
조각 볕이 다채롭다.

봄,
꽃

다가오는 것들.
세월과 공간이 주는 즐거움.
잎과 꽃들이
서로 뽐낸다.

여름
빛깔

마음에 드는 자리를 발견했다.
집 안을 오가며
시야에서 발견되는
예쁨들.

가을

엄마와 닮은
가을.

가을
공간

곳간을
채우듯
차곡차곡 쌓아둔
색깔들.

겨울
놀이

눈꽃, 별꽃으로 하는 겨울 꽃놀이.

계절을 품은 집 누리기:
희경의 나날

11월에는

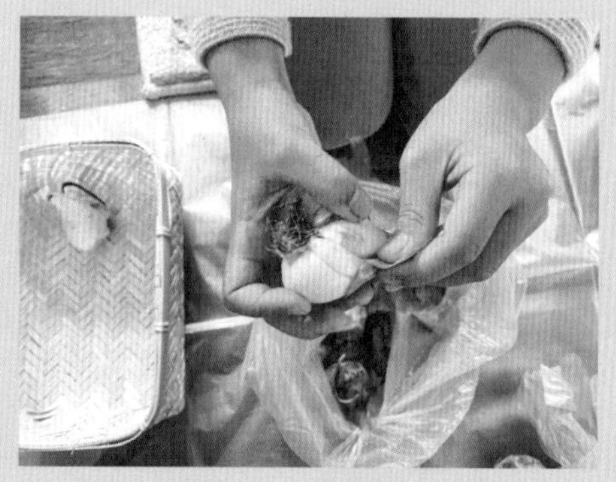

— 구근의 껍질을 벗겨준다.

— 소쿠리에 담아 마당으로 나간다.

— 심을 곳에 흙을 5센티미터 깊이로 파준다.

— 적당한 간격으로 구근을 배치한다.

— 흙으로 잘 덮고 물을 준다.

— 빈 바구니에는 마지막 가을을 담아온다.

딸아이가 여섯 살이던 겨울, 그해를 3일 남겨두고 우리는 이곳으로 왔다. 유난히 추웠던 겨울, 이제 막 시골살이를 시작한 오복이는 봄이 좋다고 말했다. 그러고는 겨울의 자연은 참 지저분해 보인다고도 했다. 당황스러웠지만 아이의 말에 굳이 어떤 내색을 하지는 않았다.

"그렇구나, 오복이는 그렇게 느껴지는구나. 엄마는 회색빛 겨울의 자연도 그대로 아름답게 느껴져."

3년이 지난 지금 우리가 나눴던 대화를 이야기하면 딸아이는 화를 내며 무안해한다. 본인이 그랬을 리 없다고 단호하게 말하는 그 반응이 귀엽기도 하고 그사이 자란 아이가 신통하기도 하다. 이제는 풀 한 포기 돌멩이 하나에도 이름을 붙이며 자연 앞에서 종알종알하는 수다쟁이 오복이가 고맙다.

이듬해 봄, 딸아이의 정원에는 자몽빛 튤립이 예쁘게 피었다. 아직은 삭막한 초봄의 정원에 한껏 화려함으로 생기를 준다. 튤립은 지고 나면 다시 땅에서 힘을 모을 것이다. 아마도 다가오는 봄 또다시 오복이의 튤립을 만나게 되지 않을까?

볕이 깊은 집

"좋은 계절에 왔으면 좋았을 텐데, 이 계절이라 아쉽네요."

"대신 집 안이 가장 예쁜 계절 같은데요!"

차가운 온도, 군데군데 눈이 녹아 잿빛의 질퍽한 풍경. 집을 짓고 처음으로 우리 집을 방문한 뉴질랜드에 사는 시누이에게 보여주기에는 아쉬움이 이만저만이 아니다.

"웅아, 우리 여기로 이사 오자. 너무 좋다." 그사이 많이 의젓해진 모습으로 외삼촌집을 방문한 웅이는 엄마를 닮은 초승달 눈으로 내내 웃는다. 아가씨는 겨울의 남향집에 들어오는 깊숙한 볕을 가장 먼저 알아보고 기뻐해주었다. 현실인가 싶은 청정 자연과 아름답게 어우러진 뉴질랜드의 집과 비교하면 참 소박할 텐데 집주인의 마음을 푸근하게 해주는 예쁜 말씨는 여전하다.

우리가 가지고 있는 가구나 소품들은 대부분 결혼 즈음에 장만한 것들이다. 사방이 높은 건물로 막혀 있던 오피스텔, 거실에 있는 커다란 창 하나로만 볕이 들던 아파트, 그리고 지금의 집까지 우리와 함께하는 물건들인데도 머무는 공간마다 그 톤과 질감이 다르게 다가왔다. 익숙하면서도 마치 새로 만난 친구처럼. 때마다 다른 볕의 색과 각도, 공기의 질감, 창밖 배경은 각각의 물건들에 새로운 옷을 입힌다.

그중 내가 가장 사랑하는 옷은 남쪽 볕이었다.

우리 집은 남향으로 길게 앉은 집이다. 다이닝 공간, 거실, 침실 등 대부분의 공간이 남향으로 자리해 겨울에는 깊은 볕이 들어와 아늑하고 여름에는 볕이 창틀을 넘어 들어오지 않아 집 안이 시원하다. 부유하는 먼지에서마저 온기가 느껴지는 겨울이면 집 안에 애정을 쏟기에 여념이 없다. 화병을 이렇게 저렇게 놓아보고, 실내 식물들의 잎도 하나하나 닦아준다. 가구를 오일로 닦고 그새 자란 아이의 방 구조도 바꿔준다. 겨울 집의 색깔은 그 어느 때보다 온화하다.

"아우 졸려! 볕이 이렇게 들어오니 노곤하게 자꾸 잠이 오잖아! 나, 간다!"

이곳보다 추운 중미산 중턱에서 지내는 여행가 P는 우리 집 겨울 낮의 따뜻한 거실이 낯설다고 투덜투덜하며 돌아갔다. 그러고도 두툼한 점퍼를 입고 또다시 놀러오겠지.

방의 탐색

1층 중문을 열고 들어와 작은 복도에 들어서면 손을 닦을 세면대와 어떤 공간인지 예측하기 어려운 문이 하나 있다. 처음 오는 이들은 저 문이 어디로 통하는지 조심스럽게 묻는다. 우리 집 공간이지만 나에게도 다른 세계인 듯 조금은 분리된 공간이다. 오로지 한 사람의 주장을 담아 만들어낸 공간. 가끔 그곳을 조용히 탐색할 때가 있다. 네 살의 딸아이가 그린 아빠 그림이 있는 그 방으로.

매일 눈여겨보는 곳이 아니지만 희한하게도 새로운 것이 있다면 자연스럽게도 시선에 탁 걸린다. 여기저기 기기들을 한눈에 담아본다. 지그시 보면 익숙하지 않은 것이 보인다. 낯선 불빛이 눈에 들어온다면, '샀구나' 싶은 거다.

손으로 스윽 문지르면 두께가 느껴질 만큼 내려앉은 먼지, 닦아줄까 말까 잠시 고민한다. 부유하는 먼지는 따뜻한 온기가 아니겠나. 그냥 두기로 한다. 온 우주의 전기를 끌어모을 듯한 기세다. 남편은 늘 소모하는 전력은 적다고 말한다. 결혼을 하고 한동안 놀라울 만큼 다양한 전깃줄이 들어 있는 택배 상자가 왔다. 엄지손가락 두께의 선부터 휘황찬란한 색깔들, 참 보기만 해도 정신 사나운 저 선들이 과연 음향에 어떤 영향을 준다는 것인지, 나는 지금도 이해할 수 없지만 엄청난 집중력으로 세팅하는 방 주인을 보고 있으면 그 정성만으로도 무언가 있겠구나 생각한다. 당연히 전선 아래 앉은 먼지 청소는 방 주인의 몫이다.

이 음반들을 가지고 세 번의 이사를 했다. 그 모든 박싱은 주로 내가 하다 보니 장르별로 구분된 음반들은 알파벳 순으로 꼽혀 있다는 걸 안다. 출근한 남편은 가끔 전화로 음반을 찾아줄 것을 요구한다. “방 왼쪽 장으로 가서 우측 세 번째 줄에서 찾아줘.” 이런 식이다. 이 사람, 대부분의 음반의 위치를 알고 있다. 그의 취미는 다소 과하게 느껴질 수도 있지만, 이런 정성과 진심을 마주할 때면 존중하지 않을 수 없다.

지훈은 듣고 싶은 음반은 항상 3센티미터쯤 앞으로 빼놓는다. 가끔 지훈에게 화가 날 때는 어린 오복이를 데리고 들어가서 튀어나온 음반을 꾹꾹 눌러주기 놀이를 하곤 했다. 훗. 그득그득 쌓아둔 것들이 예쁘기도 하다. 이 요상한 꽃이는 도대체 어디에서 나타난 건지……. 이 리모컨 거치대를 치운다면 쳇 베이커의 음반이 더 아름답게 보일 텐데 말이다. 사용 빈도와 상관없이 되도록 많은 물건을 줄지어 꺼내놓는 것을 좋아하는 지훈의 방은 언제나 나에게 ‘투 머치한’ 공간이다. 가끔 참지 못하고 불쑥 “뭐가 참 많다……” 하고 말하지만 되도록이면 모른 척하려고 애쓴다.

몽트뢰 재즈 페스티벌의 1976, 1977년 포스터. 우리가 77년 생이어서 같은 해 포스터를, 같은 주제로 베리에이션한 다른 색감의 1976년 포스터를 나란히 두었다. 맘에 든다. 주변에 뭐가 참 많기도 하다. 향, 시가, 사진 클립, 오르골, 레코드 클램프…….

지훈은 물건의 줄을 맞추고 잘 정돈한다. 사용한 물건은 그때그때 제자리에 두는 습관을 가지고 있다. 한 번 들인 물건은 아끼고 잘 관리한다. 해야 할 일이 있다면 우선은 미뤄두고, 한참을 생각하고, 나름의 계획을 세워야 실행하는 나와는 딴판인 사람이다. 이런 내가 답답할 만도 할 텐데 이 방의 주인은 본인과 다른 나에 대해서는 일언반구 말을 하지 않는다. 되려 나 스스로 아예 안 할 생각이 아니면서도 미뤄두고 고민만 하는 성격이 가끔은 답답해 방 주인의 흉내를 내보기도 한다. 평소와 달리 재빠르게 그때그때 처리해보기. 그러나 그마저도 잠시일 뿐 지속되지 않는다. 좋은 습관은 분명한데 이상하게도 안 하던 짓이 주는 어색함이 불편하다. 물을 잘 안 마시던 사람이 수분 섭취의 중요성을 상기하며 일부러 하루 2리터의 물을 마셨을 때 오히려 더 속이 불편해지는 것처럼 말이다. 다짐은 잠시 스치고 그냥 '생긴 대로 살아야겠다'고 생각한다.

많은 음반을 수납하기 위해 딱 요만큼의 공간만을 허락받았다. 짠하다. 이 방을 만들 때부터 계획했던 이 치밀함이란, 방이 두 평쯤 더 컸더라면 이 물건이 이렇게 짠하진 않았을 텐데…….

수만 가지의 공산품으로 가득 찬 이 방에 아빠에게 보내는 딸아이의 편지도 차곡차곡 자리 잡았다. 지훈과, 아빠를 많이 닮은 딸아이는 나에게 큰 안정감을 준다. 스스로 소유하는 것들과 오래오래 벗할 수 있는 잔잔한 두 사람이 사랑스럽다.

SNS

음력 칠월 칠석이 되면 견우와 직녀의 눈물이라는 이야기와 함께 열에 여덟 번은 비가 왔다. 어린 마음에 참 신기하고 흥미로운 일이었다. 불교 신자였던 엄마는 꼭 절에 가셨다. 칠월 칠석은 내 생일이다. 그래서 그 많은 자식 중 내 생일만큼은 한 번도 잊지 않으셨다. 그날만큼은 하루 종일 잔소리도 안 하시고 내가 좋아하는 음식도 해주시며 평소와 달리 부드럽고 친절한 엄마였다. 다섯 형제의 넷째 딸, 그날은 엄마가 나에게 잘해주기로 마음먹은 날인 거다. 양력 날짜로 보면 보통 8월에 있는 내 생일은 매번 여름방학이었다. 친구들과 성대하게 보낼 수 없어 아쉬워하는 여느 아이들과 다르게 나는 남들이 알아채지 못해서 더 좋았다. 그 어색하기 그지없는 생일 파티를 하며 주목받지 않고 조용히 보낼 수 있으니 아주 최고의 날 아닌가. 거기다 누군가 무심코 내 생일을 물을 때면 "7월 7일이에요. 그리고 저는 1977년에 태어났어요!"라고 대답을 하고는 매번 놀라는 상대의 반응을 보는 재미 또한 쏠쏠했다. 그렇게 내 기억 속 생일은 특별하다. 음력 생일을 쇠는 건, 번거로울 수 있지만 굳이 누군가의 축하를 받지 않더라도 스스로 만족해하는 칠월 칠석이었다.

어느 해 7월 7일, 친구는 잠옷을 선물로 보내주었다. 생일 축하 메시지와 함께 말이다. 우리가 친구가 된 지 15년쯤 되었는데 생일을 챙기는 건 처음이었다. 선물 메시지를 받고, 화들짝 놀라 생일이 뭐 별거라고 선물을 보내느냐며 어쩔 줄 몰라 하는 나에게 친구는 말했다(이제는 나의 음력 생일에 대해 굳이 설명하지 않는다).

"전엔 나도 생일을 잘 챙기지 않았는데, 몇 해 전에 아픈 이후로 생각이 바뀌었어. 이거 입고 매일 꿀잠 자."

그렇지, 우린 숙면이 절실한 나이이지. '고맙다.'

전화 통화를 하고 잠시 생각이 많아졌다. 한 해 한 해 지날수록 점점 좁아지는 관계들……. 혹여 좁아지는 대신 깊이를 더한다고 나 스스로 착각하며 사는 건 아닌지. 어쩌면 나도 모르는 사이 스며드는 단절일지도 모르겠다. 40대에 들어서는 SNS를 멀리했다. 내 이야기를 굳이 하고 싶지도, 또 듣고 싶지도 않았던 마음이었다. 나의 고요를 깰까 두렵기도 하고, 소통은 참 귀찮기도 한 일이었다.

싸이월드와 함께 20대 중반부터 10여 년을 보내고 그 후 싸이월드에 소원해지며 지난 기록들이 참 낯간지러운 흑역사처럼 느껴져 일부러 로그인하지 않았다. 하지만 또 시간은 흐르고 싸이월드의 존폐가 거론될 때 꺼내어 본 기록들은 나의 시간과 사람들이 고스란히 남아 보석처럼 반짝이고 있었다. 그런 의미에서 싸이월드의 부활은 참 고마운 일이다. 싸이월드 이후 페이스북 그리고 육아일기를 담은 카카오스토리까지. 그러고 보니 최근 몇 년간 나의 일기장이 텅 비어버린 느낌이다. 그렇게 생각이 꼬리에 꼬리를 물며 문득 '내가 뭐라고 더불어 살지 않겠다는 것인가' 하는 생각이 들었다. 매우 단순한 것에서 시작된 고민이었지만 이런 변화를 가져오기까지 수없이 많은 나의 찰나가 모였다고 생각하니 결국 바뀔 수밖에 없었다. 움직이기로 마음먹은 나는 SNS를 시작했다. 지금의 우리를 기록해보기로 하자. 흘러가는 대로 우리에게 어떤 일이 일어날까?

지구 온난화로 변화하는 기후는 이제 내 생일에 비를 뿌려주는 일이 드물고, 기독교로 개종을 한 엄마는 자주 내 생일을 잊으신다. 그리고 나도 생일에 축하받는 일을 즐기게 되었다. 아주 조금씩.

우리에게
일어날 수 있는 일

“안녕하세요. 저희는 광고 로케이션 회사 ○○○라고 합니다. 광고 촬영 장소 대여 건으로 연락드립니다. 저희가 지금 댁 근처에 있는데요. 혹시 댁에 계시면 뵐 수 있을까요?”

이사를 했던 그해 겨울, 워터파크에서 물놀이를 즐기던 중 받은 연락이다. 그러니까 입주하고 한 달이 안 되었을 때다. ‘광고 회사에서 우리 집을? 집의 위치는 어떻게 안 거지? 내 전화번호는? 신종 보이스피싱인가?’ 순간 의문과 의심으로 경계하는 질문들을 쏟아냈다. 여러 번 통화를 하고 자료들을 받아 충분한 검토를 하고서야 안심하고 미팅을 진행했다. 집을 짓고 온라인상에 우리 집의 사진이 노출되다 보니 생각지도 못했던 일들이 일어난 것이다. 충분한 설명을 듣고 여러 난제가 예상되었지만 가능성 또한 있어 보여 도전을 결심했다. 그렇게 우리는 촬영 장소로 집을 대여하는 일을 시작하게 되었다.

하루 만에 진행되는 촬영은 전쟁과 다를 게 없었다. 수많은 스태프가 집 안팎으로 가득 차고, 대형 차량부터 개인 차량까지…… 조용한 시골마을에서 존재감을 뿜어내는 건 MBTI ‘I형’인 나의 불안을 극대화했다. 이제 막 지은 하얗고 깨끗한 우리의 공간에 수십 명의 인파가 동시에 맞춘 양 검정색 롱패딩을 입고 드나들었다. 그리고 엄청난 크기의 카메라와 조명이 들어왔다. 그것을 지켜봐야 하는, 심장이 쫄깃해지는 경험이야말로 이 일의 최고 강도 노동이라고 보면 될 것이다. 사실 원상복구를 기본 계약으로 진행하기 때문에 모두가 떠나간 자리는 그전과 거의 같았지만 매번 그 긴장감은 가시지 않는다.

이 땅을 매입하기 전에 남편이 우연하게 타로점을 본 일이 있었다. 평소 무신론자인데다 어떤 기운에 대해서든 절대 불신하는 남편이었기에 당연히 자발적인 것은 아니었고, 선배들과의 자리에서 분위기에 떠밀려 보게 된 것이었다. 토지 구입을 앞둔 시점이다 보니 구입을 하는 게 우리 가족에게 어떤 영향을 줄지에 대한 생각을 품고 카드를 뽑았다고 한다. 큰 동전이 그려진 카드가 나왔고, 타로 점성술사의 풀이로는 그 땅을 구입하면 재산이 불어난다는 해석을 해주었다고 한다. 뭐 크게 의미를 두지는 않았지만 계약을 앞두고 나쁠 것 없는 내용이었다. 한동안 집을 짓고 살며 가끔 농담 섞인 대화에 그 점괘가 등장하곤 했다. "도대체 이 집은 어떻게 돈을 만들어준다는 거지?"라고.

한 번 정도의 이벤트처럼 끝날 것 같았던 촬영이 드문드문 지속되며 '혹시 이것인가?'라는 생각을 해본다. 가끔 진행되는 촬영은 시골에 들어와 외벌이로 지내는 우리 가족에게 제법 쏠쏠한 양분이 되어주기도 하니 말이다.

"시경 님은 왜 우리 이웃 같지? 우리 집에 놀러오면 좋겠어. 왜 그런 일이 가능한 느낌이지? 내 주변에 누군가와 친구일 것 같아. 하하하."

평소 헛소리도 마음에서 우러나와 하는 게 내 취미다.

SNS를 시작하고 50일쯤 지났을 때 JTBC방송국의 작가에게서 DM이 왔다. 내용은 서울이 아닌 곳에 집을 짓고 살아가는 가족을 소개하는 프로그램에 대한 설명이었고, 직접 통화를 하고 싶다는 요청이었다. 어떤 방송이건 출연할 의사는 전혀 없었다. TV 출연이라니……. 유재석 님급의 출연료를 준다고 해도 바로 답하기 어려운 일이다. 사람들 앞에 서는 걸 끔찍하게 싫어하는 나에게는 상상도 못 할 일이다. 어차피 거절할 일이지만 도대체 어떠한 연유로 나에게 연락을 했는지 궁금했다.

"보내드린 자료는 보셨나요? 아직 방송 전인 저희 프로그램의 MC는 송은이, 성시경……."

이럴 수가…… 시경 님이라니 생각지 못했던 복병이다. '어떡하지? 뭐지? 꿈인가?' 이미 심장은 두근두근 뛰고 머릿속이 하얗다.

"하…… 성시경 님이 우리 집에 온다고요? 아…… 제가 방송에 출연이 가능한 사람이 아닌데…… 아…… 그럼…… 혹시 머리에 쇼핑백을 쓰고 나가도 되나요?" 진심이었다.

"그럼요- 본인만 괜찮으시다면 쓰셔도 됩니다."

분명 진지한 대답이었다. 그렇게 나는 출연을 결심했다. 시경 님이 우리 집에 오신대잖아! 물론 그 시기에 나의 심경 변화도 한몫했다. 나에게 변화를 주고 싶은 막연한 욕구가 유난하던 시절, 당연하게 하지 않을 것을 그냥 해보자는 마음이 들기도 했다.

양평의 아들 이수근 님이 오셨다. 그래도 울지는 않았다. 수근 님, 상훈 님 반가웠어요. 그저 시경 님의 팬이어서 그래요. 하하…… 하……. 우리 집은 역대급으로 많은 설정극과 함께 방송에 나갔다. 인생은 절대로 바라는 대로 흘러가지 않는다. 그럼, 그럼.

무엇을
입을까

"여기 사니까 옷 사 입을 일이 없어서 너무 좋아. 쓸데없는 데 돈 안 쓰고 나 편한 대로 입고……. 이번에 친정에 다녀왔는데, 너 왜 이러고 다니냐고 옷 사 입으라고 엄마가 돈을 입금해주신 거 있지. 하하하하."

"어머! 언니 우리 맛있는 거 사 먹자!"

언니는 도시를 떠나 아이를 키우고 싶다고 서울에서 이사를 왔다. 그러고 보니 이 언니, 처음 운동장에서 만났을 때 화려한 밍크 코트를 입고 머리 위에는 손바닥만 한 선글라스를 걸치고 있었다. 맞아, 강남 여자였어.

내가 옷에 크게 관심을 두지 않는 건 30대에 들어서면서부터였다. 옷과 몸치장이 대수였던 20대와 달리 가치를 둘 만한 것들이 점점 많아지던 그 시절부터다. 마음을 먹어서가 아니라 자연스럽게 에너지가 움직였다. 내가 오롯이 나에게 집중하는 느낌은 아마도 그제야 느꼈던 듯하다. 물론 의류 브랜드의 디자이너로 10년 넘게 일을 하며 어느 정도 단점이 되었을지 모르겠다. 그럼에도 나는 더 다채로워졌다.

돌이켜보면 이곳에 오고 유난히 마음이 편안하다. 시선이 크게 느껴지지 않는 이 분위기는 무엇이었을까? 비단 옷차림만의 문제는 아니었겠지만 눈 돌아가게 화려한 차림을 하든, 흙 묻은 장화를 신고 사람을 만나든, 목 다 늘어난 티를 입든 필요 없는 시선이나 편견을 서로에게 보내지 않는 그 공기가 좋았다. 어쩌면 이곳에는 시선이 머물러야 할 것들이 너무 많아서가 아닐까. 그래서 상대방의 옷 따위 신경 쓸 틈이 없는 걸지도 모르겠다. 하늘, 나무, 풀들…… 매일 다른 얼굴을 보여주는 것들이 지천이니 그 매력에 어찌 '남의 차림'에 눈이 갈 틈이 있겠나 말이다. 어쨌든 외모로 남을 재단하는 일 따위는 관심도 없는 이 멋진 분위기는 내게 숨구멍이다. 아스팔트만 밟던 내 신발은 흙과 돌을 자주 밟으니 실밥이 닳아 끊어졌다. 여름 운동화의 메시는 헤져버렸다. 오래 입은 옷에도 구멍이 났다. 그래도 한참을 더 입고 신고서야 버렸다. 멀쩡한 옷이 쌓여만 가는데 유행이 지나서 새 옷같이 말끔하지 않아서 사고 또 사는 소비에서 해방되는 이 상쾌함이란…… 내 만족에 집중할 수 있는 자유로움이다.

25년 전쯤 스물여섯의 나이에 결혼을 하면서 미국에 가서 살게 된 셋째 언니는 그곳에 가서 가장 좋은 점은 옷으로부터, 타인의 시선으로부터의 해방이라고 했다. 20년 묵은 옷을 입건, 겨울에 반팔을 입건, 여름에 겨울 외투를 입건 성가신 간섭도 어떤 유행도 없는 그곳이 그렇게 자유로울 수 없다는 것이었다. 이곳은 한국의 LA쯤일까?

물론 타고난 물욕이 사라지진 않는다. 하루가 멀다 하고 문 앞에 놓이는 택배 상자가 그 증거일 텐데…… '옷을 적게 사는 대신'이라는 합리화로 장바구니에 무언가를 열심히 담는 욕망의 손가락은 어찌할 수 없지 않은가.

5

집이 새롭게 가져다준 것들:
지훈의 변화

아무것도
하지 않는 기술

우리 동네는 조용하다. 흘러가는 구름이 가장 바빠 보일 정도다. 이 느긋한 곳에서 나는 요즘 느긋하게 '아무것도 하지 않는 기술'을 연마 중이다. 생각보다 쉽지 않다. 매시간 주체할 수 없을 만큼 많은 정보가 쏟아진다. 정치, 경제, 사회, 연예인 소식까지……. 이슈가 되는 뉴스만 따라잡기도 쉽지 않고, 모른 체하자니 뒤처지는 것 같아 찝찝하다. 다행히 나는 어디서건 정보 전달자나 오피니언 리더가 되려고는 하지 않기 때문에, 뉴스나 정보에 뒤처지는 것에 별로 신경 쓰지 않는다. 나는 새로운 뉴스 거리를 큰 소리로 얘기하며 자기 지식인 양 뽐내는 사람들을 싫어한다. 내가 좋아하는 것에 시간 쓰기에도 바쁘다.

시간이 나면 음악을 들을까, 영화를 볼까 결정하는 것도 난제다. 촌구석에 살아도 인터넷 셋톱박스에 연결된 TV 채널은 100개가 넘고, 유료 영상 스트리밍 서비스에 '찜'해둔 콘텐츠도 밀린 숙제처럼 쌓여만 간다. 게다가 내게는 몇 번이고 더 볼 요량으로 구입해둔 명작 블루레이 컬렉션도 제법 많다. 이 수많은 선택지를 놓고 결정을 할라치면 그제야 취향의 '과잉'에 대해 생각해보게 된다. 이 많은 것 앞에 우두커니 서서 아무것도 선택하지 못하고 시간을 보낼 때가 꽤 많기 때문이다. 취향의 노예가 되어버린 나는 자발적인 선택을 할 수가 없다. 내 촘촘한 계획표는 어그러진다. 결핍이 아닌 과잉으로 인해 선택을 할 수 없는 아이러니. 느긋함을 즐기며 아무것도 하지 않는 것이 아니라, 너무 많은 정보와 할 일들이 병목에 끼는 바람에 아무것도 못 하는 경우가 발생한다. 들을 게 많고 볼 게 많다 보니 드는 조바심이 가져다준 부작용이다.

시간을 아낀답시고 두 가지 일을 동시에 시도하는 경우도 다반사다. 아침 운동을 하려면 응당 이어폰을 꽂아야 한다. 끙끙거리고 헐떡이다 보면 사실 멜로디가 마음에 잘 와닿지 않는다. 양치하는 몇 분 동안도 축구 하이라이트를 본다. 결국 양칫물을 엉뚱한 곳에 질질 흘려놓는다. 잠자리에 책을 들고 오른다. 책을 펴놓았을 뿐 멍하니 넘긴 페이지는 결국 다시 읽어야 한다. 지나고 보면 뭐 하나 제대로 할 수 없던 선택들이다. 그러니까 나는 능력도 안 되면서 멀티태스킹을 하려 했고, 지나고 보면 별로 생산적이지 못한 일에 순열을 따지느라 강박적인 하루를 보내왔다.

최근 나는 이 모든 것을 동시에 혹은 빠르게 처리할 능력이 내게 없다는 것을 깨달았다. 그게 정말 이 동네의 떠다니는 구름을 자꾸 보게 되어서인지, 아니면 40대 중반을 넘기면서 내 지적 능력과 신체 능력이 저하되어서인지 모르겠다. 아마 두 가지 모두 때문일 것이다. 그러면서 강박과 조급함의 빈자리를 채워줄 새로운 시간이 필요함을 느낀다. 아무것도 하지 않고 가만히 있는 것은 가만히 있는 것 같지만 단지 가만히 있는 것은 아닐 수도 있다. 그 사람은 하늘에

떠가는 구름을 바라보거나 흐르는 강물을 지켜보는 것이다. 그렇게 가만히 있는 것은 마음을 평화롭게 채우기 위한 노력이며 움직여서 얻을 수 있는 것과 대비되는 또 하나의 획득이다.

나는 그렇게 아무것도 하지 않는 기술을 조금씩 익히려고 노력 중이다. 마음가짐의 기술. 누구에게 내세우거나 설명하기 힘든 기술이지만 나에겐 어색할 만큼 새로운 것이다. 이 마음가짐으로 내게 복잡한 세상을 살아갈 수 있는 여유, 가족들에게 평안함을 줄 수 있는 여유를 채우고 싶다. 이것도 연습이 필요하다는 것을 구름을 보며 생각했다.

미셸 페트루치아니를
함께 들으실래요?

우리 집에 오는 손님들은 으레 내 음악방의 오디오 기기와 음반들을 보고 놀란다. 혹여 직접 들어보고 싶어 하고 또 시간의 여유까지 있다면 기꺼이 나는 시연자로서, 어릴 때 꿈꾸던 DJ가 되곤 한다. DJ라면 기준과 방향성이 있어야 하는 법. 그러나 소위 시연용 타이틀이 있어서 손님이 오면 꺼내는 타이틀은 상투적이고 반복적이다. 시연용 타이틀에는 몇 가지 조건이 있다. 일단 음질이나 화질이 매우 뛰어나서 오디오 시스템의 한계를 끌어 올릴 수 있을 만큼 잘 녹음된 음반이어야 한다. 그리고 귀에 익숙해서 누구나 선호할 만한 멜로디여야 한다.

가령 누구에게나 익숙한 루이 암스트롱의 〈What a Wonderful World〉라는 올드 팝 버전에서 조금의 참신함을 더해서 선곡해보자면 에바 캐시디의 라이브 버전을 첫 곡으로 들려준다. 이토록 먼 집에 와서, 굳이 캄캄한 방에 머무는 시간이 정말 특별한 시간이 되도록 나는 애를 써본다. 우선 30분 정도의 미니멈 코스인지, 1시간 이상의 어드밴스드 코스인지 구분이 필요하다.

내 음악방에서 경험할 수 있는 시청각 시스템은 다음과 같다. 우선 2채널 하이파이 시스템이다. 말 그대로 좌우 스테레오 시스템에서 나오는 음악을 듣는 것인데, 소스(매체)가 다양하다 보니 여러 조합을 경험해볼 수 있다. 턴테이블에 LP를 올려서 듣거나, CD플레이어에 CD를 넣어서 듣거나, 애플뮤직이나 타이달 같은 스트리밍 서비스로 음악을 재생하는 식이다. 스트리밍 뮤직은 손에 잡히는 둥그런 판과 재킷이 없으면 감흥이 급감하는 관계로 통상 생략한다. 실상 LP 두세 곡, CD 두세 곡 들으면 이미 30분이다. 따라서 짧은 코스에서는 끽해야 한두 곡을 듣는다. 짧은 시간을 알차게 보내려면 손님의 음악적 취향과 음악 듣기 경험의 깊이에 대한 빠른 파악이 필요하다.

나 역시 40대이다 보니 더 나이가 있는 중장년층의 선배들도 오는 일이 있는데, 이때는 7080 세대의 가요 LP를 꺼내는 것이 유효하다. 이문세, 조하문, 조덕배, 이선희의 음반에 비교적 최신으로는 윤상이나 신해철의 음반을 집어 든다. 감성적인 것을 좋아하는 손님의 경우 존 메이어의 〈Gravity〉 같은 곡이나 에드 시런의 〈Perfect〉 같은 곡을 고르면 무난하다. 록과 메탈 음악을 좋아하는 남성들을 위해서는 퀸이나 메탈리카를 고르면 그만이다. 그러곤 AV 시스템으로 넘어간다(Adult Video 가 아니라 Audio와 Video의 준말임을 유의해야 한다). AV 시스템은 고전 블록버스터의 전투 신도 좋고, 혹은 음악 콘서트 영상 타이틀을 고르면 제대로 된 맛보기가 될 수 있다. 이제 DVD 시대를 넘어서 풀 HD 급의 블루레이, 그리고 4K 블루레이 UHD까지 매체가 진화되다 보니 여기서도 일반 블루레이나 4K 블루레이 정도로 한정한다. 음악 스트리밍 서비스가 선택받지 못하는 이유와 꼭 같이 넷플릭스 같은 서비스도 제외한다.

사실 AV 시스템의 순서로 넘어오면 2채널 하이파이에서보다 타이틀을 고르는 것이 훨씬 쉽다. 시각과 청각이 연합한 자극이다 보니 무언가를 기대하는 손님들을 현혹시키기가 훨씬 용이하다. 게다가 앞서 얘기한 4K 블루레이를 가동하면 풀 HD의 4배에 해당하는 초고화질 영상과 더불어 전후좌우 – 뒤통수 – 천장까지 두르고 있는 14개의 스피커가 가동되는 돌비 애트모스라는 음향이 수록되어 있기에, 이를 경험하면 입을 다물지 못하기도 한다. 첨단의 기술에 대한 감탄도 감탄이지만 무엇보다 통상 윗집 아랫집을 신경 써야 하는 아파트 공간을 벗어나 이렇게 심장을 두드리는 듯한 볼륨으로 음악을 듣는 경험 자체가 낯설고 특별할 것이다. 이쯤 되면 신이 난 나는 DJ에서 홈쇼핑 쇼호스트 모드를 넘나든다.

가끔 하이파이 기기 자체에 대한 호기심이나 최첨단 AV 스펙에 대한 관심을 넘어서 음악 자체에 진심인 분을 만나면 마지막 순서로 꺼내는 타이틀이 있다. 바로 미셸 페트루치아니. 그리고 약장수처럼 다음 얘기들을 줄줄이 늘어놓는다. 내가 먼 옛날, 이런 취미에 매료되기 시작할 무렵 최초로 구입한 DVD 타이틀이다. 2000년이었다. 그때는 DVD 플레이어의 보급도 많지 않아 일본에서 어렵게 구한 이 타이틀을 한동안 케이스만 어루만져야 했다. 몇 달치 월급을 아낀 후에야 플레이어를 구입했다. 그때만

해도 DVD 플레이어는 첨단 기기여서 보급형 기종도 50만 원이나 했으니, 당시 내가 받던 월급으로 한 번에 사기는 어려웠다. DVD를 거의 다 처분한 지금, 이 타이틀은 아직도 수납 칸 상석에 고이 모셔두었다. 보물이다.

미셸 페트루치아니는 프랑스의 피아니스트로 장애가 있다 보니 키가 1미터가 되지 않을뿐더러 30대 중반의 나이에 생을 마감했다. 내가 그를 영상으로 처음 접한 때가 바로 36세로 생을 마감하기 1년 전인 1998년 독일의 공연 모습이다. 내게 미셸의 곡을 듣는다는 건 특정 앨범이나 곡 하나에 대한 단편적 선호를 넘어선다. 처음 그의 모습을 보고 느꼈던 충격적인('감동적인'과 동의어!) 순간, 그리고 그의 음악 너머 인생에 관심을 갖게 되었을 때, 1996년에 한국에서의 공연을 놓쳤다는 것을 알게 되었을 때, 제천까지 달려가 그의 다큐 영화를 보고 왔을 때, 해외 곳곳에서 음반 한 장 한 장 찾아냈을 때의 추억들이 한꺼번에 넘어오기 때문이다.

과욕이긴 하나 이 모든 이야기를 한 번에 응축해 보여주고 싶을 때, 피날레로 나는 이 곡을 선택한다. 〈September Second〉. 음질도 또렷하지 않고 4:3 비율의 화질도 흐릿해 시연용 디스크로는 자격 미달이지만, 분명히 다들 마지막에 가장 큰 감동을 받는 듯하다. 장황한 내 설명이 강요한 감동이었을까? 이쯤 되면 우리 집에 놀러 와 내 방에서 시연을 요구해야 하나 말아야 하나 고민될지도 모르겠다. 30분 코스, 한 시간 코스라니. 식사 코스도 아닌데……. 그러나 누구라도 환영이다. 선선해 음악 듣기 좋은 9월의 어느 날 음악을 좋아하는 누군가와 이 곡 듣기를 희망한다.

한 해,
또 한 해가 지고

사실상 아내와 함께 음악방을 활용하는 빈도는 많지 않다. 아내는 여가 시간에 주로 정원을 가꾸거나 TV를 보며 휴식을 취한다. 음악방에서 음악을 듣기 위해 시간을 쓰는 일은 거의 없고, 어쩌다 함께 영화를 보는 정도다. 영화를 보기로 결정하면 우리 대화의 시작은 언제나 똑같다. 10년째 한 글자도 다르지 않은 레퍼토리다.

"뭐 볼 거 있어?"

"볼 거야 엄청 많지. 이 중에서 골라봐!"

"음, 나는 말이야…… 〈세상의 모든 계절〉 같은 영화가 보고 싶어. 그런 영화 없어?'

'…….'

다양성을 추구하는 나와 늘 본인의 취향을 고집하는 아내가 합을 맞추는 것은 여간한 일이 아니다. '어쩌다'의 데이트인 만큼 처음에는 아내의 만족을 생각해 〈세상의 모든 계절〉 같은 영화를 찾으려 노력했다. 가족의 소소한 일상을 그린 영화, 그러면서 주변인들과의 관계와 조화를 그리는 영화, 전원생활과 여백이 있는 영화, 결핍을 사랑과 우정으로 메꿔주는 영화. 마이크 리 감독의 필모그래피까지 동원해 영화를 골라 바쳤다. 나름 애썼다. 애쓴 것을 기특히 여겨 이만했으면 한두 번은 다른 주문을 할 줄 알았다.
오늘은 시원한 액션 영화를 볼까? 오늘은 로맨틱 코미디?

오늘은 에로틱 스릴러가 좀 보고 싶네! 같이 영화를 보기로 한 시간이 조금은 색다른 시간이 되기를 나는 바랐다. 하지만 10년을 같이 살아도 변하지 않는 게 있고, 상대를 이해하기에는 턱없이 부족한 세월이다.

아내는 연애할 때도 '오늘 뭐 먹을까?'에 대한 대답이 늘 같았다. 오늘은 떡볶이, 어제도 떡볶이, 내일도 떡볶이. 무려 6년 동안 나는 데이트 메뉴로 '떡볶이'와 함께했다. 〈올드보이〉에서 오대수가 15년간 감금되어 매 끼니 먹었던 군만두에 비하면 별것 아니긴 하다. 재밌는 것은 어릴 때부터 원래 싫어하는 음식 중 하나였던 떡볶이가 지금은 가끔 생각날 정도로 당기는 메뉴가 되었다는 사실이다. '불호'의 대상이 잦은 접촉을 통해 '호'로 바뀌는 '에펠탑 효과'가 미각에도 적용되나 보다.

아내는 취향의 영역에서는 결코 타협을 하지 않고 웬만해서는 확장을 하려 하지 않는 기질이 정말 뚜렷한 사람이다. 이런 점이 내심 부럽기도 했다. 우유부단해 흐리멍텅한 의견을 보이는 나와는 달리 흔들리지 않는 무게 중심이.

〈세상의 모든 계절〉은 도심에서 살짝 벗어난 마을에서 소박한 생활을 하고 있는 노년의 부부 이야기다. 성인이 되어 독립한 아들이 하나 있고, 직장에서는 치열함보다는 연륜과 경력으로 속해 있을 수 있다. 텃밭을 가꾸며 야채와 과일들을 수확하는 것이 소일거리다. 알록달록한 그릇들이 가득한 아담한 주방과 주변 사람들이 모여 앉아 시선을 부딪는 테이블이 영화의 주 무대다. 고즈넉하고, 평화롭다. 하지만 그들과 가까운 친구, 친척들은 어딘가 결핍이 있다. 이들의 결핍과 갈등은 부부에게 침범일까, 조화를 완성하기 위한 초대일까? 결론은 없지만 머그잔에서 모락모락 올라오는 따뜻한 김은 부부 사이, 부모 자식 사이, 친구 사이의 결핍을 따뜻하게 채워준다. 거듭 채워지는 와인잔은 윤활유가 된다. 이렇게 일이 있는 듯 없는 소박한 삶을 잔잔하게 그린다. 어찌 보면 매우 흔한 가족 드라마 같지만 막상 비슷한 영화를 찾을라치면 어딘가 더 자극적이거나, 더 지루한 것을 고르고 만다. 그러한 실패 탓에, 그리고 아내의 선택 덕에 이 영화를 네 번은 본 것 같다.

아내는 이 영화의 무엇이 그토록 좋았을까? 되짚어보니 첫 관람은 2011년 광화문의 씨네큐브라는 곳이었다. 영화를 보고 난 후 어스름 무렵에 인사동에서 치킨과 맥주를 마시며 나눴던 대화들이 기억난다. 당장은 갓 태어난 아이 키울 일이 걱정이지만, 먼 훗날 여건이 되면 우리도 교외로 나가 살자 했다. 아이가 자라면 잔디 있는 정원에서 뛰놀게 하고, 야외 테이블을 꼭 두어서 친구들과 음식을 나눠 먹고, 움막이 있는 텃밭을 가꾸자고.

정말 이 영화가 우리 삶에 영향을 미친 걸까? 거짓말처럼 그날의 대화와 소박한 꿈들이 눈앞에 어느 정도 그려져 있다. 아내는 입버릇처럼 주인공 부부인 톰과 제리처럼 늙고 싶다 말했다. 그 나이가 되려면 한참 후일 텐데, 이미 우리는 〈세상의 모든 계절〉의 모습과 조금은 닮아 있다(의식적으로든 무의식적으로든).

다양하고 새롭고 최신의 것을 거북해하고, 원래 그 자리에 있었고, 오래되고 익숙한 것에 만족하는 아내와 16년을 함께했다. 영화에 대해서도 그렇다. 내가 영화에서 기대하는 경험이 새로움과 반짝이는 것이 주는 자극이었다면 아내가 기대하는 것은 익숙하고 편안한 유대인 듯하다. 아내의 외골수적 취향이 우리 삶을 어떤 한 방향으로 이끌고 있다는 생각이 든다. 이 영화의 원제는 'Another Year'.

한 해를 보내고 또 다른 한 해가 온다. 그대로 둔다 해서 변하지 않는 것은 아니다. 그대로 두어도 낡고 변한다. 오래되어 낡으면 그런 대로의 멋이 있다. 편안한 멋.

요즘은 우리도 정원에 나무로 된 움막을 만들자는 이야기를 나눈다. 비가 오면 그 아래에서 큼직한 찻잔을 두 손으로 감싸고 따뜻한 차를 마시고 싶다고. 그렇게 한 해, 또 한 해 지나가며 서로 닮아간다. 편해진다. 좋아진다. 떡볶이처럼.

원더풀 투나잇

2021년 11월, 에릭 클랩튼의 새로운 공연이 블루레이로 발매된다는 소식을 들었다. 원래 올해 초 유명한 영국의 로열 앨버트 홀에서의 일정이 잡혀 있었으나 코로나19로 취소되자 영국 런던 인근의 교외 행사장에서 무관중 공연으로 변경했고 그것이 앨범으로 발매되는 것이다. 수록곡을 살펴보니 내가 좋아하는 〈Wonderful Tonight〉이 빠져 있다. 그의 수많은 명곡을 공연 한 번에 다 담는 것은 불가능한 일이긴 하지만 이 곡을 빼는 것은 멋진 코스 요리에 달콤한 디저트가 생략된 느낌이다. 아쉬움에 2016년의 미국 샌디에이고 라이브 버전을 찾아 듣는다.

〈Wonderful Tonight〉은 알려져 있다시피 패티 보이드를 향한 연가다. 패티 보이드는 에릭 클랩튼의 절친이자 비틀즈의 멤버였던 조지 해리슨의 아내였고 이들의 삼각 관계와 이들을 둘러싼 수많은 스토리는 익히 알려져 있다. 우여곡절 끝에 패티 보이드와 결혼까지 하게 된 순정파 직진남 에릭 크랩튼. 그는 이토록 아름다운 송시 '원더풀 투나잇'을 노래해 금기의 사랑을 기어코 아름다운 로맨스로 승화시킨다. 이렇게 에릭 크랩튼의 음악을 듣다 보니 생각의 꼬리 물기가 세계의 도시 이름 말하기 게임처럼 2021년 '런던'과 2016 '샌디에이고'를 지나 2006년 '도쿄'로 거슬러 올라간다. 록, 블루스록계의 전설인 에릭 크랩튼은 한두 마디로 설명하기 힘든 대단한 뮤지션이다. 그래도 설명하라고 해본다면 내게는 연애 시절 아내와의 첫 여행을 주선해준 고마운 기타리스트랄까?

직장 친구의 소개로 아내를 만났을 무렵 나는 홀로 여행을 계획하고 있었다. 에릭 클랩튼이 공연을 위해 일본 도쿄에 온다는 것이다. 여행을 별로 좋아하지 않았지만 공연 관람에 열정적이었던 내게 일본 여행은 오로지 에릭 클랩튼 공연을 보고 오겠다는 일념뿐이었다. 항공편과 공연 티켓팅을 해야 할 시기가 다가왔고 나는 당시의 여자친구에게 조심스럽게 물었다. 만난 지 채 한 달이 되지 않은 시기였고, 고작 데이트 몇 번 한 게 다였기에 함께 해외 여행을 가자는 것은 서로에게 부담스러운 일이었다.
"음, 그러니까, 내가 도쿄에 짧게 다녀올 생각인데, 일반적인 관광 여행이 아니라 에릭 크랩튼의 공연이 있거든, 사실은 그걸 보러 가는 거야. 그리고, 당일로도 다녀올 수 있을 것 같아. 콘서트 끝나고 바로 돌아오는 스케줄이 될 거야. 좀 정신없겠지만. 혹시, 함께 갈 테야?" 섣부르게 여행을 제안하는 가벼운 남자로 보일까 봐, 혹은 여행을 빌미로 며칠을 함께 보내고자 하는 꿍꿍이로 보일까 봐 민망했다. 그러나 여자친구의 대답은 의외였다. "아니 거기까지 가서, 도대체 왜 당일치기로 여행을 마쳐? 최소 2박 3일은 잡고 공연 앞뒤로 이것저것 구경하고 오는 건 어때?" 그토록 순진했던 나는 얼결에 만난 지 한 달이 안 된 여자친구와 해외여행을 가게 되었다.

이성과 단둘이 해외를 다녀온 것은 처음이었다. 기억력이 형편없는 나인데 당시의 들뜬 기분이 지금도 전해진다. 낮에는 도쿄의 복잡한 지하철을 타고 도시의 작은 골목들을 구경하는 것이 즐거웠고 밤에는 맛있는 꼬치구이와 생맥주가 더할 나위 없었다. 숙소는 신주쿠에 있는 아주 작은 비즈니스 호텔이었다. 도쿄의 호텔들이 대부분 그렇듯 매우 비좁았다. 그러나 나는 이 비좁은 공간이 고마웠다. 여기서 우리의 첫 비밀을 만들었기에.
정작 에릭 클랩튼의 공연은 그다지 기억이 잘 나지 않는다. 아무렴, 그랬겠지! 따지고 보니 순진무구했던 내가 아내의 꼬임에 넘어갔던 게 바로 15년여 전 딱 이맘 때다.
2006년 11월.

축알못의
축구 이야기

음악 감상, 영화 감상, 독서, 운동. 내가 선호하는 여가 활동의 순서다. 시간은 늘 한정적이기 때문에 독서와 운동은 뒤로 밀리기 마련. 젊었을 때는 (물론 지금도 젊지만, 흰머리의 수가 많이 늘고 있기 때문에 젊다는 건 나의 주관적 주장일 수밖에) 이렇게 음악만 듣다가 《개미와 베짱이》에서 추운 겨울의 베짱이가 되어 굶주리는 처지가 되면 어쩌나 하는 걱정을 하기도 했다. 아무튼 우선순위 대로 밀린 것을 하다 보니 TV 프로그램을 볼 이유가 생겨나지 않고 드라마나 예능 프로그램 같은 것을 전혀 보지 않게 되었다. 본방을 사수하며 봤던 드라마는 〈미생〉이나 〈하얀거탑〉 정도고 지금은 종영된 프로그램이지만 〈무한도전〉을 단 한 번도 본 적이 없다고 하면 믿는 사람이 있을까 싶다. 한때는 TV를 보지 않는 것을 허세처럼 떠들기도 했는데, 지금 생각하면 시건방지고 편협한 시각이 부끄러울 따름이다. TV 프로그램이 내가 듣는 음악이나 영화보다 더 얕고 유치한 콘텐츠이고, 열등한 문화와 게으른 습관의 파생물이라고 생각했던 것 같다. 대놓고 그런 주장을 한 적은 없지만, 자칫 나의 취향을 언급할 때면 그런 뉘앙스를 풍겼을지 모른다. 헛소리를 묵묵히 들어줬던 사람들(아내 포함)의 너그러움과 관용에 머리 숙이는 바다.

그럼에도 불구하고 정자세로 시간 맞춰 TV를 켜는 일이 있는데 바로 축구 경기를 보기 위해서다. 나는 축구

경기 관람을 무척 좋아한다. 볼 만한 축구 경기의 빈도는 특정 시즌에 그것도 일주일 혹은 2주에 한 번 정도다. 내가 응원하는 팀의 경기가 잡혀 있기라도 한 주말이면 중계 시간에 맞춰 나머지 스케줄을 짠다. 음악 듣는 것보다, 영화 보는 것보다 앞선 최우선의 스케줄. 실은 축구 보기도 상당히 편협한 데 끽해야 월드컵과 관련된 각종 예선전 및 본선, 국가대표 평가전 그리고 국내 선수들을 볼 수 있는 프리미어리그 정도다. 세계 각국의 리그나 주요 흐름은 경기 후의 뉴스나 하이라이트 영상 클립 정도로 커버한다. 아마 축구 중계 보기를 중요한 일과로 여겨온 시점은 박지성 선수가 맨체스터 유나이티드에 입단한 2005년부터일 것이다.

축구 이야기라. 군대를 다녀오지 않아서 '군대 축구' 얘기를 할 것도 없고, 심지어 나는 성인이 되어서는 단 한 번도 축구를 해본 기억이 없다. 아, 29세 무렵에 새로운 직장에 입사했는데, 당시 회사에 열정 넘치는 축구팀 감독이 나를 보더니 키가 적당하고 날렵해 보인다는 이유로 발탁해 새 유니폼을 입고 선발 출전했던 적이 있다. 정확히 5분 만에 '야! 재 빼!'라는 고함 소리를 들었던 게 내가 축구를 한 처음이자 마지막 기억이다. 축구를 했다고 말하려면 '축(차다)-구(공)'의 의미에 맞게 공을 한 번이라도 찼어야 하는데, 내 기억에 그 5분의 시간 동안 공을 한 번도 건드린 기억이 없다. 내가 공쪽으로 가면 공은 반대편으로 가버리고, 그쪽으로 가면 공은 또 다른 데로 가 있었다.

아무튼 나는 하는 것보다 보는 쪽인데, 이는 내가 음악을 좋아하는 것과 정확히 같은 이유다. 음악을 좋아하는 이유는 어떤 도구(악기)나 몸(노래)을 통해 내가 만들어낼 수 없는 경이를 들려주기 때문이다. 내가 직접 만들어낼 수 없으니, 남이 해주는 것이라도 즐기자. 음표의 배치에 따라 멜로디가 만들어지고, 건반을 누르는 손놀림은 음파가 되고 청각을 자극한다.

축구 역시 내가 표현할 수 없는 몸동작을 누군가가 대신해 보여준다는 점에서 닮았다. 빠르게 달리기, 현란한 발의 움직임, 몸의 급격한 방향 전환, 움직임과 멈춤, 초인적인 지구력, 공과 선수의 조화, 선수와 선수의 조화 등 축구는 내게 스포츠이기 이전에 예술이다. 어떤 극상의 경지에 이른 사람들의 집단 예술. 나는 그저 겸허한 자세로 맥주와 감자칩을 앞에 두고 동작의 아름다움을 감상하면 된다.

음악과 축구는 청각과 시각으로 감상에 활용되는 주요 감각만 다를 뿐, 공간에서 창출되는 아름다움을 감상하는 유희라는 점에서 일맥상통한다. 따라서 내가 축구를 보는 관점은 리그 우승을 향한 승점이나 승패보다 얼마나 아름다운 장면들이 연출되었는지를 목격하는 것이다. 물론 축구의 결과 지향적인 속성상 아무리 좋은 내용의 경기를 했다 하더라도 승점을 따지 못한다면 유의미한 기록을 남기기는 어렵다. 제 아무리 즐거운 소개팅이었다고 말해도,

결국 두 번째 만남을 거절당했다면 그 시간이 좋았다고 말하기 어려운 것처럼.

월드컵처럼 애국심으로 볼 때도 있고, 연고를 따져가며 지역팀을 응원하기 위해 보는 경우도 있을 수 있고, 선수가 너무 잘 생겨서 볼 수도 있다. 그런데 축구를 볼 때마다 내가 이해할 수 없는 한 가지는 왜 내 주변 여자들은 남자들보다 축구에 관심이 없을까 하는 점이다. 가끔 음악회나 무용을 보러 가면 대부분은 여성 관객들인데 말이다. 일부 조예가 깊은 남자들도 있겠지만, 대부분은 여자의 손에 이끌려온 경우다. 여자친구들끼리 혹은 언니와 온 경우는 있어도 남자들끼리 온 경우는 찾아보기 힘들다.

내가 보기에 축구는 집단 무용이다. 즉흥적으로 펼쳐내는 집단 무용. 우아한 스텝과 발재간, 상하체의 분리된 동작과 조화, 거칠지만 세련된 움직임. 몸으로 움직이기 전에 공간을 이해하는 능력까지 더해져 육체뿐만 아니라 두뇌까지 섹시한 남자들을 무더기로 목격할 수 있는 기회. 나는 내가 갖추지 못한 우월한 인간들의 모습을 구경하는 것으로 대리 만족한다. 그런데 이런 집단 종합 예술의 집합체인 축구에 대해 무심한 이유를 나는 모르겠다. 아내에게 이런 얘기를 하면 대답조차 하지 않는다. 아니, 왜?

아, 요즘 TV에서 여성 출연진들이 모여서 축구를 하는 프로그램이 하나 있다. 한 지상파 방송에서 하는 〈골 때리는 그녀들〉이라는 프로그램이다. 경기를 뛰는 선수들이 프로가 아닌 다양한 예능인이기에 앞서 말한 극상의 신체 능력과 경지를 보여주지는 못한다. 하지만 최선을 다하는 모습, 용감한 모습, 진심을 다하는 모습에 울림이 있다. 투지와 열정이 프로선수들 못지않다. 코로나 확진으로 손흥민 선수의 경기를 2주째 보지 못하고 있다. 손흥민 선수의 예술 대신, 오랜만에 예능에 만족한다. 진심을 보게 되면, 부족함은 상관이 없어지기도 한다.

실장님의 유산

서울시 은평구 응암동 효성학원. 고등학교 1학년부터 2학년 때까지 다녔던 동네 보습학원이다. 부모들에겐 자녀들의 선행 학습을 위한 곳이었으나, 우리에겐 학교와 집의 감시에서 벗어날 수 있는 제3의 공간이기도 했다. 당시에 남녀공학 고등학교가 별로 없었던 터라 중앙여고나 명지여고를 다니는 학생들과 한 교실에 있으려면 우리는 필히 학원에 다녀야만 했다. 학교 같은 반 친구들의 소개와 소개로 학생이 구성된 작은 규모의 학원이다 보니 자연스레 가족적인 분위기였다. 서울대를 나온 원장선생님이 직접 영어를 가르치셨고, 대학원을 다니는 수학선생님, 국어선생님, 사무장님, 실장님 모두 친근했다. 그중 가장 까칠한 인간은 '실장'이라는 타이틀을 단 사람이었는데 우리가 보기엔 하는 일 없이 군기만 잡는 사람이었다. 학교의 학생주임 같은 역할이랄까? 그렇지만 권위는 하나도 없는 그런 애매한 존재.

학원 건물의 지하에 독서실 책상을 배치해놓고 학원 수업이 끝나더라도 원하는 학생들은 늦은 시간까지 자율학습을 하도록 독려를 했는데 학원의 의도와는 다르게 학생들 입장에서 그 장소와 시간은 친구들과 노닥거릴 수 있는 시간의 연장일 뿐이었다. 그러다 보니 학원 입장에서 필요한 사람이 바로 실장이었다. 떠들지 마, 자지 마, 공부해! 어느덧 친구들에게 실장은 '공공의 적'이 되어 있었다.

나는 튀는 행동을 하지 않았고 낯을 많이 가리는

편이었다. 친구들이 제각기 중앙여고나 명지여고에 다니는 학원 여학생 한 명씩을 점 찍어 두고 생일 선물을 주면서 고백을 하는 동안 나는 여학생들과 단 한마디도 섞지 못했다. 친구들과 실장은 점점 사이가 나빠져 사소한 일로 서로 으르렁거리는 사이가 되었다. 역시 나는 실장님과도 언쟁이 없었다. 학원 지하 독서실에서 책을 펴놓고 워크맨으로 음악을 듣고 있던 어느 날 실장이 옆에 서 있었다. 순간 내가 뭘 잘못했나 해서 뜨끔했다. 음악을 듣는 게 문제였나 싶었다.

"뭐 듣니?"

"네? 저 그냥, 메탈 음악을 좋아해서…… 지금은 U2를 듣고 있어요. 《Achtung Baby》라는 앨범."

"오, 너 음악 좋아하는구나. 이번 주말에 우리 집에 놀러 올래? 줄 게 좀 있는데……."

공공의 적에게 초대를 받다니……. 친구들의 놀림을 뒤로 한 채 나는 주소지의 초인종을 눌렀고, 실장이 학원 원장의 총각 처남이라는 비밀 아닌 비밀을 알게 되었다. 그의 골방으로 나는 안내되었고, 실장의 말투가 독서실에서의 무뚝뚝하고 강압적인 말투와는 달리 나긋나긋하고 간지러울 정도로 친절하다는 사실도 알게 되었다. 방 한편에는 시커먼 스테레오 시스템이 있었고, 방에 앉기가 무섭게 본인이 어려서부터 모아온 LP와 CD 컬렉션을 자랑하며 내게 이 음반이 얼마나 명반인지를 설명해주느라 여념이 없었다. 이제는 CD의 시대로 넘어가버려서 그간 모아온 LP를 CD로 바꾸게 되었으며, 중복된 LP를 나에게 주고 싶다는 것이었다. 당시 나도 라이선스 LP를 제법 사 모으긴 했으나, 더 작고 깨끗한 음질의 CD로 넘어가던 터였다. 당시 내 맘에도 CD가 신식이고 LP는 구닥다리라는 생각이 있었던 터라 좋지도 싫지도 않은 어리둥절한 맘으로 한 꾸러미를 묵직하게 싸들고 집에 돌아온 기억이 난다. 실장과 나는 그 후로 내가 학원을 그만두기 전까지 몇 개월 동안 많은 음악 얘기를 나누었다. 유일하게 티격태격하지 않았던 우리를 두고 친구들은 둘이 사귄다고 놀려댔었다. 그때 실장의 나이를 가늠해보면 이십대 초반 정도의 나이였던 듯싶다. 친구들은 틀림없이 재수, 삼수를 하다가 포기한 백수일 것이라 했다.

U2 《Boy》(1980), Motley Cure 《Dr. Feelgood》(1989), Double 《Blue》(1985), Camel 《Stationary Traveller》(1986), Dio 《Holy Diver》(1983), Sting 《Ten Summoner's Tales》(1993), Iron Maiden 《A Real Live One》(1993), Michael Franks 《Sleeping Gypsy》(1977)…….

지금으로부터 약 30년 전 1993년에 그렇게 내 손에 넘어온 LP 음반들이다. 이 음반들은 CD의 시대를 거쳐 다시 LP의 시대가 부활한 지금 빛을 발한다. 내 방 음악 컬렉션 중 가장 소중한 리스트들이다.

당시에는 구닥다리라고 여겼던 LP들이지만 냉정하게 평가해보면 CD보다 LP의 음질이 나을 때가 더 많다. 추억이 깃든 것을 넘어서 시대의 명반으로 꼽히는 멋진 음악들이고 게다가 지금은 구하기 쉽지 않은 원반들이다. 내 음악 듣기의 스펙트럼을 넓혀준 음반들이기도 하다. 이 음반들을 마주할 때마다 당시 학창시절이 함께 소환된다. 건스 앤 로지즈의 《Lies》(1988)라는 앨범 재킷의 속지에 나체로 가슴을 드러낸 여성 모델의 사진을 보며 쑥스럽게 웃었던 한 컷의 기억. 이제 중년의 나는 〈시네마천국〉의 토토가 되어 알프레도가 토토에게 남겨둔 필름을 감상한다. 알프레도가 토토를 위해 편집해둔 키스신의 필름들……. 어색했고 쑥스러웠고 순수했고 그리운 그 시절의 우정이다.

덤덤한 나이에 찾아온
세상 놀랄 일

서른에 아내를 만났다. 그날 아내는 내게 좀 반했던 것 같은데, 뒤늦게 들은 고백에 의하면 내 목소리가 맘에 들었다고 했다. 외모는 곱상한데, 허스키한 목소리의 이질감이 묘한 매력으로 느껴졌다 했다. 그러나 한눈에 외모가 맘에 들었다고 하면 자신이 너무 속물로 보일 것 같아 목소리 핑계를 댄 것이 아닌가 싶기도 하다. 아무튼 이제 와 그때의 얘기를 꺼내면 가당치 않다는 듯 대꾸도 하지 않는다.

사실 내 목소리는 허스키하지 않다. 당시, 건강검진을 하며 사나이답게 수면 내시경이 아니라 일반 내시경을 해보겠다고(스스로에게) 큰소리쳤다가, 마음의 준비가 되지 않은 상태에서 목구멍으로 넘어오는 검사용 호스를 견디지 못했고, 구역질을 하던 중 식도 부위에 깊은 상처가 나고야 말았다. 그로 인해 오랫동안 목이 아팠고 고생을 했다. 바로 그 무렵 아내를 처음 만났고 내 목소리는 쉬어 있던 것이다. 몇 달 후에 목소리는 원래대로 돌아왔지만 내게 한눈에 반했던 핵심 요소는 바로 내 외모 때문이었다는 내 추측대로 우리는 잘 만났다.

나는 그 후로 무조건 수면 내시경을 선택했고, 오랜 기간 동안 서른 살의 선택을 후회했다. 혼자 호기로웠던 결단, 일반 내시경을 해보겠다던 그 선택을……. 그해부터 나는 인후염에 시달려야 했다. 주로 건조한 가을과 겨울에 시작해 늦은 봄까지 1년 중 제법 긴 기간을 가래와 기침으로 고생했다.

도라지차, 생강차, 이비인후과 처방 등 여러 시도를 해봤지만 결국은 긴 기간을 견디는 것 외에는 별다른 방도가 없는 고질병이었다.

전원주택으로 이사 온 후 첫 겨울과 봄을 넘기면서 알게 되었다. 계절마다 찾아오던 기침, 가래가 사라졌다는 것을. 앓을 만큼 앓아서 나을 때가 된 것인지, 없어질 때가 되어 없어진 건지, 혹은 전원 생활이라는 환경이 이 병을 낫게 해준 것인지 모를 일이다. 환경이 이유라면 습도 조절이 잘 된다는 목조 주택의 특징이 내 목 건강 개선에 도움을 주었을지도 모를 일이고, 아니면 상대적으로 공기가 더 맑은 도심 외곽 지역이어서 나아진 것인지도 모르겠다. 그러나 전원주택의 삶과 좋아진 내 목 건강을 인과관계로 말하는 것은 마치 집 자랑을 하다못해 건강도 좋아졌다는 식으로 과대 포장, 과장 광고를 하는 것 같아 조심스럽다. 그러나 시점으로 봤을 땐 딱 이사한 이후로 사라진 증상이니 나로선 그것참 신통한 일이 아닐 수 없다.

그렇게(목구멍의 안녕만큼은) 편안했던 몇 년이 지나고, 어느 날 다시 돌아왔다. 슬금슬금 다가오는 목의 느낌들. 사막에서 입을 쩍 벌리고 며칠 바짝 말려 놓은 듯한 느낌. 동시에 목을 간질이며 무언가 내 목을 기어 다니기 시작한 그 느낌. 아무리 기침을 해도 초강력 접착제처럼 딱 달라붙어 떨어지지 않겠다는 의지를 가진 이물질의 느낌이…… 코로나와 함께 찾아왔다. 2020년 초에 시작된 코로나19라는 범 유행 전염병은, 초기의 바이러스에서 두 번의 변이를 거쳐 오미크론 바이러스가 우세종으로 자리 잡았고 2022년 4월 어느 날 나에게도 찾아왔다.

목이 취약했던 내 경우는 역시 시작도 목, 마지막도 목이 문제였다. 목에 염증을 동반한 기침은 악몽보다도 더 끔찍했다. 악몽이야 잠이라도 자는 상황이지만 기침은 잠을 못 들게 하는 게 문제였다. 잠을 자려고 눕기만 하면 목 깊은 곳 어딘가에 들러붙어 있던 가래가 꿈틀거리며 기어올랐다.

코로나19 확진을 받고 격리를 해야 하는 기간 동안 최진영 작가의 《해가 지는 곳으로》를 읽었다. 줄거리나 소재를 전혀 모르고 집어 든 책인데, 배경과 설정이 정체 모를 바이러스가 전 세계를 뒤덮는 이야기여서 내심 놀랐다. 소설 속 재난이란 현실의 은유일 텐데 가상과 현실이 이렇게 맞닿아 있는가 싶었기 때문이었다.

나이를 먹으면서 별별일을 다 겪게 되고 서글프게도 이제는 세상 놀랄 일도 별로 없다. 그러나 코로나가 초래한 세상은 달랐다. 모두가 마스크를 쓰고 거리를 걷고 있고 백신을 맞지 않은 사람들은 음식점에서 밥을 먹을 수 없는 세상이라니. 도통 덤덤해지지 않는다. 다행인 것은 소설처럼 어린아이의 '간'을 먹으면 병이 낫는다는 괴담이 없었다는 것 정도일까? 연일 수십만 명씩 신규 확진되는 현실이 비현실 같았다. 이 몇 년은 꿈을 꾸는 듯하고 말도 안 되는 억지

설정의 영화를 보는 듯했다.

2022년 5월이 된 오늘은 드디어 몇 년 만에 실외에서 마스크를 벗는 날이다. 사람들은 잘 버텼고, 잘 피했고, 잘 이겨냈다. 얼굴에서 마스크가 사라지니 어딘가 또 어색하다. 마스크를 쓰지 않고 밖으로 나가니 나체로 길을 걷는 기분이 들기까지 한다. 어쩌면 보통의 사람들이 속옷이라는 것을 입고 다니는 것만큼이나 마스크를 쓰고 생활한다는 것이 더 일반적인 생활 양식이 될 것 같기도 하다. 하지만 내 목에 들러붙은 이물질만큼은 영원히 사라지길 바란다. 이런 저런 일로 인해 매년 받던 정기 건강검진을 작년부터 놓쳤다. 코로나 후유증과 기침이 나으면 정기 건강검진 먼저 해야겠다. 물론 수면 내시경은 필수 선택 사항이다.

노안을 준비하는 자세

얼마 전 나보다 두어 살 많은 동료들이 스마트폰이나 노트를 볼 때 안경을 콧등에 간당간당하게 건 채 내려서 글자를 보려고 애쓰는 것을 보고는 크게 웃은 적이 있다. 그렇게까지 웃을 일은 아니었지만 내 입장에서는 마냥 건강해 보였던 사람들이 특정 나이가 되자 어딘가 그 답지 않은 행동을 한다는 것이 새로웠고 똑같은 행동들이 여러 사람에게서 동시다발적으로 목격되었다는 점이 혼자만의 웃음 포인트였다. 집단 군무를 볼 때의 진기함 같은 게 엉뚱한 장면들의 조합에서 떠올랐다고나 할까? 자주 보는 사람은 주름이, 뱃살이, 흰머리가 늘어도 비교적 서서히 진행되기에 상대가 늙었구나 하는 생각이 별로 들지 않는다. 심지어 초등학교 친구들은 지금 보아도 예나 지금이나 똑같은 얼굴을 하고 있다는 착각이 들기도 한다. 그러나 유독 안경을 내려 쓰며 무언가를 보려고 애쓰는 행동을 목격하게 되면, 아 저 사람이 이제는(젊음이 떠나) 갔구나 하는 것을 단박에 느끼곤 한다. 절박함이 보인다. 보이지 않는 것을 보려 하는, 잡을 수 없는 것을 잡으려고 애쓰는 의지. 더 이상 볼 수 없는 과거의 내 모습, 잡을 수 없는 젊음을.

나는 자타가 인정하는 동안인 편이지만(이 점을 아내가 못마땅해한다) 공평한 일인지 몰라도 얼굴 이외의 노화는 남들보다 확실히 빠른 편이다. 우선 흰머리가 또래에 비해 훨씬 많고, 뼈마디가 여기저기 쑤시고, 운동 능력이

현저히 저하되는 것을 몸과 머리로 느낀다. 실제로 나이에 비해 쉽게 피로해하기도 한다. 잔병치레를 하는 편은 아닌데 근본적으로 체력이 약하다. 그래서 산술적 나이는 40대 중반이지만 스스로 체감하는 신체 나이는 60대다. 선천적으로 체력이 약하다는 것을 알기에 이를 극복하기 위해 규칙적인 생활과 나름 운동을 꾸준히 해온 편이었다. 그런데 하필 가장 노화가 두드러지는 중년의 시기에 운동량이 급격히 줄었다.

최근 몇 년간의 나를 질책하라고 한다면 하나는 책을 많이 읽지 않은 것이고 또 하나는 운동을 게을리한 것이다. 흰머리가 늘어가고 온몸의 근육량이 급격히 줄어들었다. 몇 살 위의 형님들처럼 노안이 아직 오지 않은 것을 다행으로 여기던 찰나, 아니나 다를까. 가을 어느 날 눈을 떠보면 나도 모르는 새 온 세상이 단풍으로 물들어 있다는 것을 알게 되듯, 40대 중반 어느 날 눈이 침침하고 초점이 잘 안 맞는다는 것을 깨달았다. 다른 노화의 조짐이나 변화에 비해 눈 건강의 변화에 대해서는 겁이 덜컥 났다. 좋아하는 영화를 고화질로 보는 게 의미가 없어지는 것인가? 퇴근하면 가로등이 미비해 어두컴컴한 시골길을 어떻게 운전하지? 검진하러 가봐야 하나? 떨어진 시력에 대한 교정이 가능하긴 한 걸까?

그런데 돌이켜보면 하루아침에 벌어진 일이 결코 아니었던 것 같다. 나는 서서히 이 변화를 감지하고 있었다. 다만 내 자신의 문제가 아니라 환경의 문제로, 엉뚱한 지점으로 초점을 잡고 있었을 뿐. 수년째 아내에게 밤길 운전이 힘들다고 말했던 기억이 난다. 그때마다 나는 내 눈이 변하고 있음을 인정하지 않고 차의 기능이나 성능 탓으로 돌렸던 것이다.

내 시력 저하를 근본적 원인으로 보지 못하고 첨단 기술의 보조 도구로 해결해야 한다고 생각했던 것이다. 이 어리석기 짝이 없는 해석은 내 음악방에서도 똑같은 상황으로 연출되었다.

불과 3년 전 나는 광량이 풍부하고 울트라 하이 데피니션이라고 일컫는 4K UHD 프로젝터를 구입했다. 동 브랜드의 라인업 중 가장 저렴한 가격의 엔트리 모델이었지만 신기술이 장착되어서인지 내 방에서 가장 사치품이라고 할 수 있는 값비싼 물건이었다. 그리고 곧 느끼게 된 점인데, 이 엔트리 모델은 생각보다 밝기가 밝지 않았고 풀HD 대비 4배의 해상도를 자랑하는 스펙치고는 선명함이 기대에 못 미쳤다. 아, 기왕 살 때 더 좋은 걸 구입해야 했나? 아니었다. 기계들은 아무 잘못이 없었다. 일련의 문제들과 행동들을 종합해보고 이제야 현상의 본질을 바로 알게 되었다. 문제는 자동차의 헤드라이트 밝기도 아니고, 프로젝터의 스펙도 아니었다. 단지 나이가 들어 초점을 잘 잡지 못하는 내 시력이 문제였다. 이것을 깨닫는 데 몇 년이 걸렸다. 나는 서서히 끓어오르는 양동이 물 속의 개구리였다. 이 우둔함이란 …….

어제는 나보다 열 살 많은 동네 형님에게 전화를 했다. 내 지인을 통틀어 가장 건강한 인물의 상징인 분이다.

"형, 지난번에 형이 미국에서 주문한 눈 영양제 효과가 어때?"

자연스럽게 받아들여야 하는 노안의 증상임을 인정하고 이제야 눈 영양제를 구입했다. 혹시나 하는 마음에 녹내장 같은 병의 초기 증상은 아닌지 확인하기 위해 안과 검진을 예약했다. 자동차를 바꾸고 프로젝터에 돈을 들이기 전에 40대 중반에 해야 할 일들이다. 아, 그런데 두어 살을 넘어 네댓 살 나이가 많은 형님들의 또 한 가지 공통점이 보인다. 50이면 온다는 오십견. 옆에서 오십견으로 고생하는 분들을 보았는데 이건 차마 웃을 수 없는 일이다. 운동을 해야겠다고 다짐한다. 칫솔질이 힘들다며 전동 칫솔을 구입하기 전에 말이다.

6

양육과 교육 사이에서:
오복이와 희경의 계절

첫인사

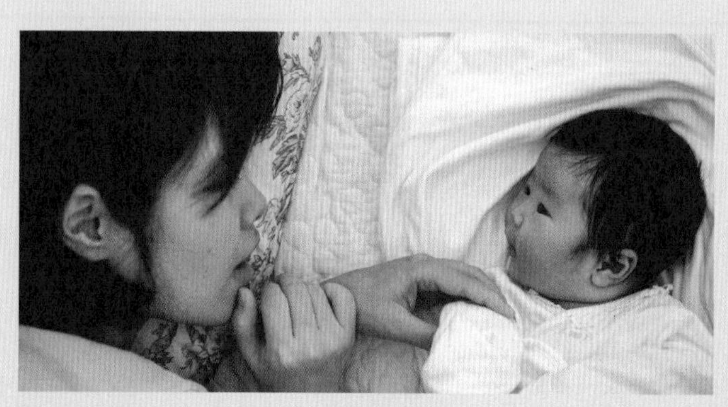

모성애는 저절로 생기는 게 아니다. 적어도 나에게는 그랬다. 배 속에 열 달을 품었지만 오복이가 태어나고 익숙해지기까지는 제법 시간이 걸렸다.

"내 아이인데 나도 내 마음을 모르겠어. 마냥 기쁘기만 하지는 않아. 나도 모르는 불안감이 있어"라며 힘들어하자 나에게 친구는 말했다.

"그게 다 호르몬 때문이야. 친구! 호르몬에게 지지 마."

유쾌한 친구의 한마디에 그 순간만큼은 무거웠던 마음이 조금 가벼워졌다. 아이를 낳고 엄마가 된다는 건 매우 신비하고 행복한 경험임에 틀림없지만, 어찌 보면 한 사람의 인생에 있어 가장 큰 변화의 순간일 것이다. 나는 새로운 것에 익숙해지기까지 많은 시간이 필요한 사람이다. 그런 내가 어느 날 찾아온 아이와 편안한 인사를 나누기에 산후조리원이라는 낯선 공간은 큰 장애물이 되었다. 산후조리원에서의 힘든 2주를 말 그대로 '버텨내고' 편안한 집에 돌아와서야 나는 오롯이 내 아이와의 교감에 집중할 수 있었다. 눈을 맞추고 함께 밤을 지새우고 24시간 살갗을 부비고서야 우리는 엄마와 딸이 되었다. 차곡차곡 내 안으로 들어오는 아이, 그제야 가늠할 수 없는 사랑의 크기를 경험하게 되었다.

다가오는 것들

출산 후 3년은 일산에서 역삼까지 원거리 출퇴근을 하며 직장을 다니느라 아이는 할머니와 보내는 시간이 더 길었다. 네 살이 되고 내가 퇴사를 하고서야 오복이와의 온전한 생활이 시작되었다. 일반적으로 어린이집에 가는 시기이지만 오복이는 유치원 조기 입학이 가능한 2월생이었다. 새로 이사한 동네에서 오랜 세월 신뢰를 얻은 유치원을 추천받고 상담을 했다.

"제가 직장에 다니느라 그간 할머니께서 주로 육아를 해주셨어요. 차분하고 조심성이 많은 아이예요. 설명을 하면 잘 이해하고 따라 해요. 아빠가 오복이만 할 때 길에 물웅덩이를 앞에 두고 어른들이 '밟지 마라' 얘기하면 물웅덩이를 피해서 갔대요. 아빠의 성향을 많이 닮은 것 같아요."

내 얘기를 들은 원장 선생님은 말씀하셨다.

"지나기 전에 미리 '밟지 말라'고 말을 했으니까요. 먼저 말을 하지 않는 편이 좋습니다. 아이의 행동에 앞서서 설명하지 마세요. 항상 부모는 뒤에 있어야 합니다. 온순한 성향의 아이는 부모가 어느새 모든 것을 해주는 실수를 하기 쉽습니다. 부모의 편의가 앞서는 것이지요. 그것은 아이가 스스로 할 수 있는 기회를 빼앗는 것입니다. 아이가 스스로 경험하고 터득하게 두세요. 부모가 가이드를 확실히 하면 오복이는 모범생이 될 거예요. 나중에 학교 생활, 직장 생활도 잘할 겁니다. 부모가 정해준 작은 틀 안에서 남들 보기에 문제없이 살아갈 거예요. 하지만 그 부분을 가장 경계하셔야 합니다. 아이 스스로 행복을 만들어가도록 한 걸음 뒤에서 기다리세요. 말을 아끼세요. 감정에 공감해주시고 아이의 생각에 대한 질문과 응원만 하시면 됩니다. 특히 오복이 같은 성향은 부모가 아이보다 앞서지 않는 게 가장 중요합니다."

머리를 한 대 퍽 맞은 기분이었다. 오복이는 비교적 키우기 편한 아이라고만 생각했다. 또래의 아이를 키우는 지인들의 하소연이 떠올랐다. 속옷 색깔까지 스스로 고르고, 신발도 직접 신어야만 외출이 가능해 매일 씨름하느라 힘들다던 말을 들을 때면 나는 딴 세상 이야기를 듣듯 우리의 상황이 다행이라고만 생각했다. 맙소사 그것이 실수였구나. 지금이라도 알아서 다행이었다. 나는 이 유치원에 등록하기로 마음을 먹었다. 부모 교육의 만족감만은 아니었다. 등록을 앞두고 상담하러 온 부모에게 부모가 듣기 좋은 말들만 가득 늘어놓지 않았다는 것이 가장 인상 깊었다. '이 유치원은 오복이의 인생에 꼭 필요한 곳이 되겠구나'라고 생각했다.

고요한
평화주의자

— 집 앞 슈퍼마켓 가는 것도 스케줄이다.

— 친구와 약속을 잡았는데 갑자기 취소되면 은근히 좋아한다.

— 외출할 생각을 하면 전날부터 괴롭다.

— 이왕 나가게 된 거, 한꺼번에 모든 일을 처리하고 온다.

— 그렇게 나가기 귀찮았건만, 막상 오랜만에 나가면 재밌다.

— 그렇다고 또 나갈 생각은 없다. 일단 하루 놀았으면 다음 날에는 충전해야 한다.

충전이 하루로 되나? 며칠은 더 필요하지. 집순이의 특징이라고 인터넷에 떠도는 글을 키득거리며 봤다. 나의 특징을 주섬주섬 잘도 모아놨구나. 나뿐 아니라 우리 가족의 특징이기도 하다. 내향형 부부는 에너지도 비슷해서 서로 외출의 빈도나 공유의 시간을 두고 티격태격할 일이 거의 없다. 그런 부모이기에 내향형 아이에게 외출을 강요하지 않는다. 그 때문인지 문득 우리가 아이에게 다양한 경험의 기회를 너무 주지 않는 건 아닌지 고민이 될 때가 있다. 이웃의 아이가 우리보다 많은 외출을 하는 게 느껴질 때면, 혹은 너무 조용히 지내는 우리의 패턴을 지인으로부터 직접적으로 지적받을 때면……. 엄마의 마음속 작은 물결은 파도가 되기도 한다. 아이는 더할 나위 없이 평온하고 행복해 보이지만 말이다. 이런 고민이 들 때면 진심 어리고 섬세한 이웃에게 털어놓는다.

"우리가 아이를 너무 안 데리고 다니는 건 아닌지 걱정이 되기도 해요. 전혀 시도를 안 하는 건 아니지만 비교적 적은 건 사실이에요. 그런데 또 막상 딸아이가 그다지 즐거워하지 않는 경우도 많고……. '그래, 오복이가 편안하게 느끼는 게 중요하지' 싶다가도 문득문득 이대로 괜찮은 건가 싶기도 해요."

이웃은 말했다.

"아이들에게 많은 것을 보여주는 게 생각보다 큰 영향은 없을 수도 있다고 해요. 내 아이의 성향이 중요할 거예요. 아이가 집 욕조에서 물놀이하는 걸 워낙 좋아해서 엄마가 마음먹고 워터파크에 데려갔는데 민감한 성향의 아이는 사람도 많고 너무 넓어서 위험해 보이는 워터파크보다 집 안 욕조에서 훨씬 잘 놀더라는 얘기도 들었어요. 아이들은 안전한 환경에서 훨씬 적극적으로 환경을 탐색한다는 결론이었어요."

역시 이웃은 현답을 말했다. 선명하지 않았던 생각들은 이렇게 편안한 대화에서 조언을 얻으며 정리가 되고, 마음도 다잡게 된다.

지난 주말 간단한 외출에서 돌아온 오복이는 현관에 들어서며 말했다.

"아, 집이다. 편하다."

'그래, 엄마도 그 기분 알 것 같구나.'
갑작스러운 일정은 아이를 불안하게 만들 수도 있다.

온 마을이
필요하다

이곳 학교는 매년 가을이면 축제를 연다. 아름드리 은행나무 가득한 교정은 가을이 무르익을 무렵이면 노란 옷으로 갈아입는다. 길목엔 노란 낙엽비가 흩날리고 밤이 되면 노란 전구를 밝혀놓은 듯 아름답다. 학교의 축제는 마을의 축제이기도 하다. 아이들은 예술제를 준비하고, 마을 할아버지는 아이들에게 경운기 체험을 선물하신다. 학부모 밴드는 공연을 하고 먹거리를 준비해서 나눈다. 축제를 앞두고 마음으로 시작된 준비는 한 손 두 손 보태며 풍요로워진다. 이 아름다운 축제는 안타깝게도 코로나의 등장으로 멈추었다. 모두를 옴짝달싹하지 못하게 만들어버린 코로나는 우리가 무얼 할 수 있다는 엄두조차 내지 못하게 했다. 그렇게 한 해를 보내고 새로운 해가 왔지만 우리에게 달라진 건 없었다.

'위드 코로나'는 시작되었지만 더 늘어난 확진자와 변이 바이러스로 모두의 공포심은 여전했다. 당연히 올해 가을도 조용하리라 생각했다. 하지만 잃어버린 시간이 되지 않기를 바라던 몇몇 어른의 마음은 시간이 지날수록 꿈틀거렸다. 예상치 못했던 그들의 고마운 마음을 전해 들었지만 정작 내 마음속은 불가능이라고 단념할 뿐이었다. 포기하지 않는 마음에 나의 시간을 조금 보탤 뿐 어쩌면 생각의 시작점은 처음부터 달랐을 것이다. 하지만 나의 생각들은 회의를 거듭할수록 하나둘 움직이기 시작했다.

다양한 아이디어를 내고 조율하는 시간은 점차 의문이 사라지는 시간이었다. 무엇보다 대화를 나눌수록 행동의 시작은 마음이라는 것에 동의할 수밖에 없었다.

우리는 학교 밖 둘레길을 조성했다. 가정 간 거리를 두며 이야기가 있는 둘레길을 걷는 축제를 만들었다. 마을 사람들은 잠시나마 사유지를 내어주고 길목마다 노란 리본을 묶어 길을 안내했다. 힘을 모아 산책로를 조성하고, 은행 열매를 주웠다. 광목천에 은행잎으로 천연 염색을 하고, 산책하며 주운 자연물로 가족은 만들기를 함께할 수 있었다. 우리 모두가 같은 길을 걷고 사색하며 꽉 찬 가을을 보냈다.

마을이 함께 키운다는 건 개인의 한계를 뛰어넘는 매력적인 일이다. 나와 다름에서 비롯하는 다양함을 경험하는 것이다. 이곳의 큰 마음에 오늘도 감사한 하루를 보낸다.

언젠가 유치원 원장 선생님께서 말씀하셨다.

"이웃을 잘 두는 것이 중요합니다. 주변 어른들이 중요해요. 마음이 건강하고 바른 생각을 가진 어른들이 아이의 주위에 많다면 아이는 건강하게 자랄 겁니다."

바람의 빛깔

"그 학교 학부모들이 엄청 강하대요. 학교 일에 참여 못 하는 부모들은 갈 엄두도 안 나더라고요. 그래서 전 다른 학교를 선택했어요."

이곳에 집 지을 땅을 샀다는 소식에 종종 비슷한 걱정을 들었다. 서울에서 멀지 않은 작은 마을의 시골학교, 사교육이 당연한 도시와 한 시간도 걸리지 않는 거리. 보습학원 하나 없고 하교를 하면 숲으로 개울가로 달려가 노느라 바쁜 곳, 굳이 이곳을 찾아 들어온 학부모를 또 다른 의미에서 치맛바람으로 보는 시선은 어쩌면 당연한지도 모르겠다. 보편적이지 않은 선택은 결국 유난으로 보일 수 있고 그에 따른 부작용도 있을 법하다. 그러한들 뭐 어쩌겠는가? 너도 좋고 나도 좋고 쟤도 좋은 곳은 어디에도 없지 않은가? 그런대로 적당히 버무려 적응해보는 거지. 그렇게 별 기대 안 한다 생각하면서도 경계심이 강하고 혼자 있는 시간이 중요한 나에겐 내심 걱정거리이긴 했다.

나는 학창 시절, 새 학기가 되어도 제법 긴 시간을 침묵하며 주변을 살피는 아이였다. 그런 이유로 직장도 자주 옮기지 않았다. 지금도 사람 사귐이 서툴고 늘 망설이느라 행동하지 못할 때가 많은 걸 보면 달라진 건 없는 듯하다. 나를 바꿀 생각은 없지만 스스로에게 주는 한 가지 미션이 있다면 '내색하지 않기'다. 세 살짜리도 단번에 알아볼 만큼 생각이 고스란히 얼굴에 드러나는 지병을 가지고 있으면서 내색을 안 하겠다니. 같이 사는 지훈이 들으면 기가 차다 하겠지만 뭐 목표와 노력은 자유 아니겠는가?

어떤 까닭인지 첫날부터 나는 이곳이 편했다.
뾰족하게 멈추어 어깨에 힘이 잔뜩 들어간 나를, 무던하고 밝은 시선으로 '야, 뭐해 놀자!'라고 부르며 무장해제시키던 그 성격 좋은 친구 같았다. 이런 슬라임 같은 사람들이라니. 선 그으랴 벽 세우랴 바쁜 내가 무색했다. 무심한 듯 다가왔지만 그렇게 그들의 촘촘한 마음 씀씀이는 게으른 개인주의자도 품을 수 있었던 것이다. 작은 학교와 마을은 아이들을 사랑하고 있었다. 그렇게 나는 이곳에 스며들었다.

우리는 이곳으로 왔고, 잘한 것일까 가끔 반문하곤 했지만 2년이 지나고서야 의구심은 멈췄다. 세상의 규칙 앞에 필요 이상으로 경직되어 있는 아이에게 자연은 '괜찮아'라고 이야기해준다. 경직된 마음을 느슨하게 풀고 더 자유로운 정서로 자라는 아이를 보면 감사한 환경이 아닐 수 없다. 스스로를 더욱 섬세하게 들여다보고 온전히 집중할 수 있도록 자연은 한 발 뒤에서 묵묵하게 기다려준다.

'네 사색의 길목에 지금의 시간이 큰 힘이 되기를…….'

2년 후, 나는 학년 학부모 대표를 맡았다. 큰 부담감에

중얼중얼 걱정을 털어놓는 엄마를 향해 딸아이가 말했다.

"엄마, 괜찮아. 누구나 처음엔 잘하지 못해. 엄마는 처음이잖아. 그래도 걱정이 되면 창밖 하늘을 봐. 그리고 다른 생각을 해. 마음이 편안해질 거야."

오늘도 촐랑거림은 엄마의 몫이다.

도시 할아버지와 시골 손녀

"오복아- 할아버지 하고 쇼핑하러 갈까?"

도시 할아버지와 지하철을 타고 도심에서 쇼핑을 하는 것은 시골에 살고 있는 오복이에게는 새롭고 큰 놀이다. 집과 가까운 지하철역까지 산책하고 티켓을 발권해 두어 정거장 지하철을 탄다. 화려한 쇼핑센터에 도착하면 오늘의 선물이 기다리고 있다.

여러 개를 고를 줄 모르는 오복이의 고민은 그때부터 시작, 고심의 고심을 거쳐 열쇠고리 하나 기쁘게 손에 들고 돌아온다. 마음에 드는 것 하나를 오랜 고민 끝에 고르는 손녀를 미소로 한없이 기다려주신 할아버지와 오복이의 시간은 오늘도 가득 채워진다.

'카톡!'

시 쓰기를 좋아하시는 할아버지로부터 편지가 왔다.

그리워 꿈을 꾼다

할배야 할배야 부르면
나는 돌아다볼 것이다.
늘 네가 보고 싶기 때문이다.
할배야 할배야 부르지 않아도
나는 돌아다볼 것이다.
늘 너의 목소리 듣고 싶기 때문이다.
발걸음 하나 하나 기척을 느낄 때
나는 돌아다볼 것이다.
늘 너와 함께 걷고 싶기 때문이다.
너와 나는 잠과 꿈을 가로질러
마주보며 뛰어보자.
나는 하얀 머리 휘날리며
바람이 거니는 언덕에서
바람개비 놀이를 하고 싶다.
너는 푸른 초원의 동산에서
꽃향기 가득 품고 조금 더 가까이
사뿐사뿐 내게로 오거라.

7

양육과 교육 사이에서:
오복이와 지훈의 계절

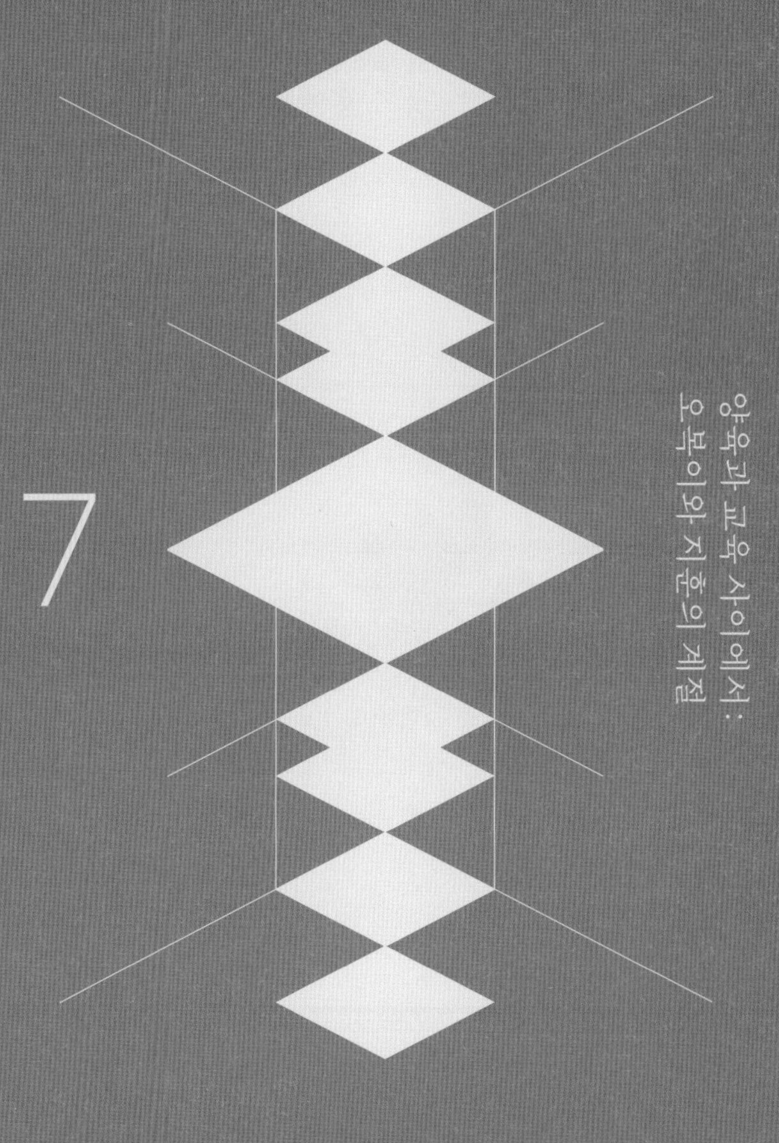

나는 당신이 움직이는 것을
보는 것이 좋아요

1994년 작 〈러브 어페어〉를 다시 보다가 어떤 대사 하나가 가슴에 맺혔다. 영화 초반 마이크(워렌 비티)가 테리(아네트 베닝)와 분위기가 무르익자 건네는 대사다. "I like watching you move." 직역하면 '나는 당신이 움직이는 것을 보는 것이 좋아요'쯤 된다. 미국 사람들의 어감과 그것을 받아들이는 정서를 정확하게 캐치할 순 없지만 정황상 엄청난 작업 멘트라는 생각이 들었다. 팝송 제목으로도 있는 'Can't take my eyes off you(당신에게서 눈을 뗄 수가 없네요)'의 완곡 어법이다. 이런 표현이 우리나라에서 쓰이는 말인가? 우리가 평소 이런 말을 듣거나 직접 사용한 적이 있었던가?

어떤 사람의 움직임에는 그 사람의 특징이 녹아 있다. 걷는 모습으로는 그 사람이 급한 성격인지 아닌지 알 수 있고, 손짓을 보면 매사에 명료한 성격의 사람인지, 산만한 사람인지가 보인다. 어떤 사람의 모습은 호수 위를 떠다니는 백조처럼 우아하다는 느낌을 주고, 다른 이는 도망치는 도마뱀처럼 경박하다는 느낌을 주기도 한다. 따라서 누군가가 움직인다는 것은 빈 공간에 그림을 그리는 것과 같고, 고요 속에 울림을 주는 소리와도 같다. 비단 무용 같은 의미 있는 움직임이 아닐지라도 말이다.

누군가가 움직이는 것을 바라본다는 것은 한 사람의 특징을 조각조각의 이미지로 포착해 눈과 마음속에 담는 일이고 그 사람을 바라보는 것이 좋다고 선언하는 것은 상대방을 있는 그대로 받아들이고 내 마음속에 담고 싶다는 욕망을 드러낼 때 할 수 있는 표현이다. 직접적이고 서술적이지만 세련된 표현. 우리나라에서는 이 멋진 표현이 잘 쓰이지 않는 것 같다. 문득, 말씀이 많지 않으셨던 아버지와 한 공간에 있을 때면 아버지가 언제나 나를 바라보고 계셨던 것이 떠오른다. 밥 먹을 때도, 책상에 앉아 있을 때도, TV를 볼 때도 물끄러미, 지긋이, 나를 보고 계셨다. 도대체 왜 그렇게 나를 자꾸만 쳐다보셨는지 의아했다. 사춘기 즈음에는 그 시선이 부담스러웠고, 어른이 되어서는 민망했다. 그런데 당시의 장면을 떠올리며 지금 저 대사를 끼워 넣으니 이질감 없이 딱 들어맞는다. 'I like watching you move'라는 말은 사랑한다는 말과 다름 아니다. 사랑하면 끝없이 보고 싶고, 어루만지고 싶고, 먹여주고 싶다. 다만 낯간지러운 말로 표현하지 않고 행동으로만 보여주셨을 뿐.

사랑한다는 말은 추상적이고 모호한 구석이 있다. 사랑한다는 것을 서술해보라고 한다면 가장 앞쪽에 쓰일 풀이가 아닐까? 누군가를 본다는 것. 눈에 담는다는 것. 지금 내 눈앞에 있어서 상대가 살아 움직이는 것을 본다는 것. 그것이 사랑의 처음이고 사랑의 기본이라고. 그런데 당시 아버지의 행동은 아빠가 된 내가 줄곧 딸에게 하고 있는 모습과 정확히 겹친다. 딸이 무얼 하든 그저 바라본다. 책 읽는 모습, 색연필로 그림을 그리는 모습, 자는 모습. 계속 보게 된다. 보기만 한다는 것은 마주함이 없는 불공평한 거래지만 단지 시선을 줄 수 있는 상황이 주어진 것만으로 그만이다.

한편, 딸도 의식하겠지. 아! 아빠가 나 좀 그만 쳐다봤으면 좋겠다. 아직은 어려서 내색할 줄 모르지만, 곧 그런 날이 올 것이다. 보지 않는 연습 혹은 몰래 보는 연습을 해야 하나? 때로는 동양의 함축적 표현보다 서양의 서술적 표현에 고개가 끄덕여진다. 그들처럼 말하면 우리의 관계가 어떻게 바뀔까? 내 마음과 내 생각이 어떻게 전달될까?

우리나라에서 잘 사용하지 않지만 영어권에서는 흔히 사용하는 또 다른 문구가 떠올랐다. 'I am proud of you.' 영화를 보면 친구나 가족이 무언가를 이뤄냈을 때 상대방에게 칭찬의 의미로 하는 말이다. 우리는 그냥 '잘 했네, 잘 했어' 내지는 '대단하다, 훌륭하다' 정도로 표현할 뿐 '나는 네가 자랑스러워'라고 말하지는 않는다. '잘 했다, 훌륭하다'고 말하는 것은 상대를 어떤 기준을 가지고 평가하는 의미를 갖는다. 잘 하고 못 하고를 양극단 중 하나로만 표현한 것이다. 반면 '나는 네가 자랑스럽다'는 말은 네가 잘 하고 못 하고를 떠나 너의 존재로 인해 내 마음이 기쁘고 충만하다는 메시지를 전하는 것으로 들린다. 내 마음에 대한 꾸밈 없는 서술이고 어찌 보면 투박하지만 사실은 더 없이 세련된 방식이 아닐까? '나는 당신이 움직이는 걸 보는 게 좋아'는 아내에게 써야 할 말인 것 같고, '네가 자랑스럽다'는 딸에게 써먹어 봐야겠다. 나 못지않게 무뚝뚝한 딸의 반응이 그다지 좋을 것 같지는 않지만.

내 꿈은
피아니스트입니다

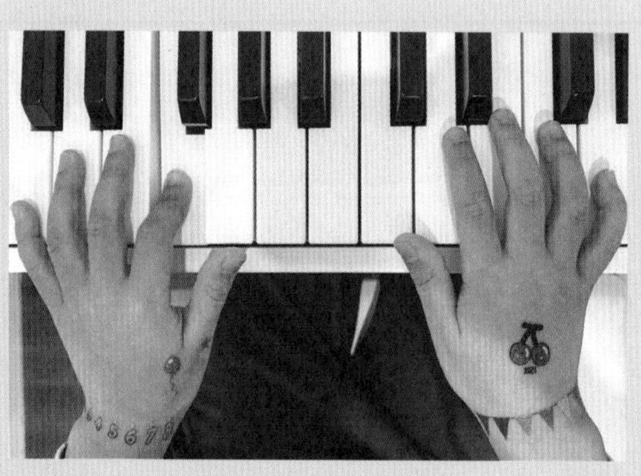

매주 월요일은 딸아이와 피아노 연습을 하는 날이다. 퇴근한 뒤 저녁 식사를 하고 나면 내 손을 잡고 피아노가 있는 본인 방으로 이끈다. 아이와 잘 놀 줄 모르는 내게 몇 안 되는 유대의 순간이다. 행복한 시간이다. 이때만큼은 만사 뒤로 미룰 수 있다. 우리 마을은 사설 학원이 전혀 없는데 다행히 학부모 중에 피아노를 전공한 분이 있어서 그분께 일주일에 한 번 교습을 받는다. 악기를 배우는 것이 지겨운 의무 학습이 되지 않고 즐거운 취미가 되기를 바라는 마음에 교습 빈도는 일주일에 한 번으로 정했다. 선생님과 아이가 함께 정한 사항이다. 8세 초에 시작해 1년이 조금 지났는데 실력이 느는 게 좀 더디지 않나 싶을 정도로 아직도 기초 연습 중이다. 일주일에 한 번은 아무래도 부족한 횟수가 아닌가 싶다. 하지만 거의 빠짐없이 연습을 하는 편이고, 더디지만 한 곡씩 익숙해질 때마다 확실한 성취감을 느끼는 듯하다. 게다가 아이는 차분하고 꼼꼼한 편이어서 본인이 맞게 연습을 하고 있는지 지켜봐달라는 주문을 한다. 처음 봤을 때는 도레미파솔 건반을 짚는 것이 그리 어려운 일이던가, 답답한 마음이 들기도 했다. 하지만 이제 두 손으로 한 음 한 음 차분히 짚어내는 손가락을 보는 심정은 마치 첫걸음을 떼는 돌쟁이 자식을 보는 것만큼이나 기특한 일이다.

나 역시 7세쯤 피아노를 배우기 시작해서 초등학교 3학년 정도까지 피아노를 배웠다. 요즘도 그런지 모르겠지만 마치 태권도 실력을 흰 띠, 빨간 띠로 나누듯 당시에는 너 어디까지 배웠니를 체크할 때 체르니 100번, 30번, 40번으로 응수하며 급수를 따졌다. 나는 초등학교 3학년 때 이사를 핑계로 학원을 그만두었고 체르니 40번을 다 떼지 못했던 것으로 기억한다. 이제 피아노를 두고 아이와 함께하는 시간은 일상의 행복이 되었다. 그러나 시작부터 아이의 의지를 꺾을 뻔한 사건이 있었다. 번데기 앞에서 주름잡는다고 아이가 피아노 연습을 하고 있는데, 중간에 끼어들어 아이 보는 앞에서 연주를 했던 것이다. 만인의 연습곡인 '엘리제를 위하여'를 연주했던 것 같다. 그 순간은 아빠가 연주하는 모습을 보여주는 것이 아이에게 놀라움 내지는 자부심을 줄 수 있을 것이라 생각했다. 또한 구체적인 자극이 되어 나도 아빠처럼 잘 쳐야지 하는 의지를 심어줄 수 있을 것이라고 생각했다. 그러나 아이는 내 연주가 끝나기도 전에 심술이 난 듯 피아노 건반을 마구 두들겨댔고, 연습을 그만두었다. 이제 간신히 건반을 짚는 아이 앞에서의 내 연주는 치기 어린 잘난 척이었던 것이다. 순수한 의도였다 하더라도 잘못된 행동이었다. 끝까지 치지도 못하는 주제에 딸에게나 그럴싸해 보였을 내 연주는 우리라는 유대를 흩트리는 거리감의 소리였던 것 같다. 그 순간 아빠는 무언가를 함께하는 동반자가 아닌 이질적 존재가 돼버렸다. 딸에게 불필요한 좌절감을 줄 수 있었겠구나. 아이의 반응은 섬세하지 못했던 나의 판단과 행동을 반성하게 했다.

돌이켜보면 줄넘기를 배울 때나 자전거를 탈 때나 비슷한 패턴의 행동과 깨우침이 있었던 것 같다. 결국 무엇이 됐든 아이의 눈높이에 맞는 소통이 필요하다는 것을 다시금 깨달았다. 우리 딸은 아직 여러 면에서 걸음마를 시작하는 아기이기도 하다는 것을 알게 됐다.

한편, 이 사건은 오히려 내게 피아노에 대한 의지를 심어주었다. 딸에게 자극을 주려다가 내가 자극을 받고 만 것이다. 소질이나 현실과 상관없이 자기 꿈을 얘기할 수 있었던 어린 시절, 내 꿈은 피아니스트였다. 지금도 가끔 공상을 하곤 한다. 많은 관중 앞에서 연주에 심취해 있는 모습을. 그러나 현실은 〈엘리제를 위하여〉도 끝까지 치지 못하고, 셋잇단음표의 박자를 잘 짚지도 못한다.

그 사건 이후로 나는 과거에 잘 쳤던 몇 곡을(그러나 지금은 형편없는) 골라서 연습을 시작했다. 매주 월요일 딸이 피아노 연습을 마치면 나도 연습을 한다. 딸과 똑같은 입장이 되었다. 어려운 곡 앞에서 더듬거리는 초보자의 모습. 나도 조금씩 실력이 느는 것이 느껴진다. 그런 내가 기특하다. 딸이 되살려준 취미. 그 덕에 즐겁다. 오늘은 아이에게 이렇게 물었다.

"오복아, 아빠가 좋아하는 곡이 있는데, 너무 어려워서 계속 틀리거든. 도대체 며칠 동안 몇 번을 연습해야 오복이처럼 잘 칠 수 있을까?"

"몰라. 안 틀릴 때까지 해보시든가."

눈높이 대화가 생각보다 신통치는 않은 듯하다.

생태놀이터에서

나는 30대 후반에 회사에서 임원이 되었다(내 능력이 출중해서가 아니라 내가 속해 있는 업종과 회사가 함께 어려워지는 바람에, 힘든 구조 조정과 값싼 인력을 잘 부추겨 더 부려먹으려는 조직의 속내였을 따름이다). 약간 오른 월급과 그에 비해 책임져야 하는 일이 많아지는 것이 큰 변화였다. 당연한 변화였다. 그중 한 가지는 건강검진에 대한 것이었는데, 임원이 되자 병원이 달라졌다. 서울에서 가장 예약이 힘든 대형 병원의 고급 검진 센터로 장소가 바뀌었다. 배우자까지 포함하는 혜택. 아내까지 건강검진을 해주는 것은 매우 고마웠는데, 팀원들과 다른 병원에서 검진받는 것은 당연하게 받아들여지지 않았다. 내가 특별히 정의롭고 평등한 사회를 부르짖는 사람이 못 되어서 나 하나 잘 살고 주위에 폐나 끼치지 않으면 그만이라는 생각의 소인배이지만 이 경우는 지나치게 공정하지 못하다는 생각에 마음 한편이 불편했다. 노동에 대한 물질적 보상이 다른 것은 그렇다 치더라도 사람의 몸을 다른 기준으로 들여다보는 것까지 필요할까? 경영진에게 용기를 내어 내 생각을 한두 번 말하긴 했으나, 상당히 의아하다는 표정으로 불편하면 팀원들과 같은 곳에서 받아도 된다는 답을 들었다.

최근에 한 기사를 보고 뜨악한 일이 있었다. 기사 제목에는 '놀이터 도둑'이라는 문구가 포함되어 있었는데 서울 인근 한 아파트 단지에서 아파트 거주자만 이용할 수 있는 '어린이 놀이시설 이용 인식표'를 제작 배부한다는 내용이었다. 아울러 '어린이 놀이시설 이용 지침'에는 외부인 무단 이용으로 당 아파트 어린이들의 자유로운 이용이 방해받고 있다는 것이 이유로 설명되어 있었다.

몇 년 전 요즘 초등학교 저학년 아이들은 서로 몇 단지에 사는지를 먼저 확인해 친구를 분류하기도 한다는 이야기를 듣고 실소조차 할 수 없었던 것이 떠올랐다. 아이들은 빠르게 성숙해갈 테니 그러려니 했다. 전적으로 어른들 탓일 테다. 대놓고 자신들의 잣대와 가치관을 아이들에게 강제하고 그것을 명문화해버린 처사에는 화가 났다. 아이들에게 놀이터는 작은 사회이고 교류의 장이자 자신 이외에 다른 존재도 있다는 것을 처음으로 인식하는 배움터 아닌가? 소속, 지위, 빈부로 편 가르기를 하는 것부터 배우게 된 아이들에게 미안했다. 민망했다. 저런 곳에 내 아이가 껴 있을 상황을 생각하니 정말로 화가 치밀었다.

우리 마을에는 생태놀이터라고 이름 붙여진 곳이 있다. 마을 어른들이 주변의 나무와 밧줄을 가지고 만든 어린이 놀이터다. 학교를 마치면 많은 아이가 그곳으로 모인다. 너나 할 것 없다. 윗마을 아랫마을 아이들, 주말이면 외지에서 나들이 온 아이들도 이용한다. 물론 너 몇 살인지를 따지는 아이가 있긴 하다. 그건 아마 태초부터의 가름 규칙이니 인정.

하지만 아파트가 없으니 단지 구분이 없는 시골 마을이고 어느 학원을 다니는지에 대한 구분도 없다(주변에 학원이 없다). 상대적으로 이 동네는 몸이 불편해 요양을 필요로 하거나 도시의 경쟁에 지쳐 정신적으로 더 안정이 필요한 아이들이 오기도 한다. 빈부, 종교, 지위를 따지지 않고 더불어 지내며 다름을 인정하는 공동체적 인식이 제법 형성되어 있다. 아마 이러한 문화적 정서적 환경이 다양한 사람들을 이곳으로 이끄는 것 같다. 나보다 훨씬 교양 있는 생각을 가지고 솔선수범하는 어른들이 많아 나는 그저 감탄하고 감사하면 된다(동참 의식이 낮다고 아내한테 늘 면박을 받긴 하지만……). 아무튼 이 점은 정말 큰 자랑거리인데, 오르지 않는 시골 집값에 대한 보상 심리에서 오는 궁색한 자기 위안이 아닌, 진짜 자랑이라 할 만하다. 고즈넉한 자연이 좋고, 정원을 가꿀 수 있고, 음악을 들을 수 있어서 도시 외곽의 전원 생활이 참 좋다는 것은 그저 후순위다. 좋은 환경에서 자랄 수 있는 아이가 최우선이다. 몸도 마음도 건강하게 자라길 바란다.

오복,
사랑을 배우는 중

〈맥가이버〉, 〈A특공대〉, 〈에어울프〉. 1980년대에 TV에서 해주던 미국 드라마 시리즈물이다. 아버지가 시간 맞춰 TV를 켜는 것은 방에서 나오라는 신호였던 것 같다. 귀에 익숙한 오프닝 뮤직은 표현에 서툰 부자간의 공감대를 만들기 위한 신호였다. 말도 안 되는 작전을 짜서 적진을 침입하고 무기와 수적 열세에도 특공 무술과 기지를 겸비한 주인공들은 무사히 여인을 구출해낸다. 마지막 장면은 언제나 미모의 여인과 키스. 어린 시절, 만화 영화와 어린이용 드라마를 졸업하며 더 큰 세계, 어른들의 세계를 엿보게 해준 드라마 시리즈다. 물론 현실과 동떨어진 세계를 갈망하게 하는 바람에 남자라면 힘도 세야 하고, 싸움도 잘해야 하고, 무엇보다 아무리 급박한 상황이라도 시크하게 농담을 던질 줄 알아야 한다고 생각했다. 물론 그런 것과는 완전히 동떨어진 남자 어른이 되었다.

우리 집에는 TV가 거실이 아닌 2층 부부 침실에 놓여 있다. 애초에 아내는 내 의견과 상관없이 거실 공간에 TV가 있는 것을 원치 않았다. TV가 가족의 공동 생활 공간의 중심이 되는 게 싫다는 것이 첫 번째 이유였고 아내가 머릿속에 그리는 거실 공간의 미학적 구도 속에 TV는 결코 예쁜 물건이 아니라는 것이 두 번째 이유였다. 둘 다 동의하는 부분이다. 그러다 보니 딸에게 TV는 어른 방에 있는 어른의 물건이며, 열 살인 지금도 허락을 받아야 볼 수 있는 미디어다. 딸이 TV를 보는 일은 해야 할 일을 한 이후에 얻는 보상의 개념이다. 그래서 일주일에 몇 차례 주어진 시간 동안 동화 애니메이션을 보거나 몇 달에 한 번씩 다녀가시는 외할머니와의 유대를 위해서 허용된 시간이었다.

장모님은 지상파 TV의 일일 연속극이나 주말 드라마를 보신다. 대기업 회장님과 반드시 그 회장님이 반대하는 사랑을 하는 자식이 등장하면서 그 통에 출생의 비밀을 간직한 시놉시스. 요즘 딸아이와 드라마를 같이 보기 시작했다. 이제는 인간사의 다양한 상황과 감정을 보고 느껴봐도 좋겠다 싶어 아내와 함께 결정한 일이다. 다만 드라마의 선택은 우리가 한다. 범죄 스릴러나 대놓고 치정극 같은 장르는 제외한다. 우선 아내와 내가 보기에도 재미가 있는 드라마여야 하고, 밝고 명랑한 캐릭터들의 청춘 드라마일 경우로 한정한다. 청춘 드라마다 보니 젊은이들의 우정, 갈등, 사랑, 좌절의 감정 요소가 고루 들어 있을 것이고, 엄마 아빠라는 제한된 어른을 벗어나 스크린이라는 다른 세계 속 인물의 표정, 말투, 어휘, 억양을 배울 수 있을 거란 생각이 들었다. 무엇보다 가장 많은 시간을 보내는 어른 남자는 다름 아닌 아빠로 한정되어 있는데, 나는 말수가 많은 편도 아니고 감정 표현도 서툴 뿐 아니라 말투도 늘 느긋한 편이어서 그다지 좋은 표본이 아니란 생각이 들기도 했다. 그런 면에서 우리 엄마 말씀 중 아내가 꼽는 명언이 하나 있다.

“저 저, 멋대가리 맛대가리 없는 녀석…… 어쩌고 저쩌고…….” 아내 왈, 아주 딱이란다. 멋대가리 있는 남자 주인공을 알 필요도 있겠다 싶었다.

아무튼 최근에는 〈그해 우리는〉, 〈스물다섯 스물하나〉를 딸과 같이 봤다. 누구에게나 있었을 청춘의 사랑이야기. 나의 황금기(그런 것이 있었다면)를 떠올리게 했고 동시에 딸에게 올 앞으로의 사랑이 궁금했다. 오복이가 주인공들과 같은 시기를 겪으려면 앞으로 6년에서 10년 정도는 더 있어야 할 터. 사실 아직 사춘기 이전의 어린이여서 서로 누구를 좋아하네 사귀네 하는 것도 없다(없는 것 같다). 하지만 키스 신에선 어김없이 몸을 배배 꼬고 부끄러워하며(그럴 때마다 나는 딸을 쳐다보는데 아빠가 또 그럴 줄 알고 이미 눈을 흘기고 있다) 남자 주인공의 익살스러운 행동과 말에는 폴짝폴짝 뛰면서 재밌어 한다.

그런 아이에게 ‘사랑’이 어떻게 비춰질까? 나답지 않은 모습을 보이는 나, 간절함, 그러나 이루어지지 않는 사랑, 뜨거움, 그래서 죽을 것같이 타는 마음을 무엇이라 느낄까? 딸이 겪을 인간사, 배워나갈 세계, 사랑이 기대된다. 이제 그런 청춘의 뜨거운 사랑은 더 이상 내 것이 아니다. 하지만 내 것이 완전히 끝나버린 게 아니라 자식으로 이어진다고 생각하니 그래도 다행이라는 생각이다. 어느 정도 위로가 된다. 청춘이 이대로 끝나버리기엔 아쉬우니까. 더 이상 내 건 아니지만 딸의 것일 수 있으니까. 그렇게 다행이다.

부모로부터 자식으로 생이 이어지길 바라는 마음. 드라마에서 기대하는 바도, 이런 내 마음도 좀 빠른가 싶기도 하다. 딸이 더 커서 둘이 영화 데이트를 하는 상상을 해본다. 영화는 따뜻한 가족 드라마인 〈CODA〉(션 헤이더, 2021) 같은 것도 좋고 창의력 넘치는 〈월-E〉(앤드류 스탠튼, 2008) 같은 애니메이션도 좋을 듯하다.

딸이 컸을 무렵의 영화 취향이 궁금하다. 슈퍼 히어로나 코미디 장르보다는 드라마나 멜로였으면 좋겠다. 하지만 현실은 그때면 더 이상 내 팔짱을 끼려 하지 않을지 모르겠다. 남자친구와의 시간 경쟁에서 밀려날지 모를 일이니. 옆에서 남녀 주인공이 키스하는 것을 보면서 몸부림치며 깔깔거리고 눈을 흘기는 지금을 그리워할지도 모르겠다.

집으로 가는 길

며칠 전 오랜만에 서울 이곳저곳을 누빈 나는 남편과 퇴근길을 함께했다.

"하루의 큰 부분을 도시에서 생활하고 시골집으로 퇴근하는 그 기분은 어때? 도시를 벗어나 자연 속 집에 도착하고 차에서 내릴 때 코끝에 들어오는 초록 냄새는 어떤 기분이야?"

화려한 미사여구를 나열한 대답을 기대했지만 남편의 대답은 "글쎄"였다. 그 또한 공감이 되는 대답이라 더 이상 묻지는 않았다. 집으로 가는 길은 무엇이어서 다르지는 않을 것이다. 회색 아파트 주차장에 차를 세워도 몇 걸음이면 나의 소파가 있는 집이어서, 내 집 아래라면 매연조차 아늑하지 않겠나.

우리의 첫 집은 일산의 주상복합 오피스텔이었다. 창밖으로 보이는 것은 차가운 건물들이 대부분이었지만 주방의 작은 창밖으로는 반짝이는 자작나무 잎이 바삭바삭 넘실댔다. 아침에 다 떠지지 않은 눈으로 더듬더듬 물 한 잔을 마시러 다가가면 한눈에 나지막한 볕이 들어왔다. 잎 위로 부서지는 볕은 온몸을 깨워주었다. 오복이가 태어나고 세 살이 되기까지 우리의 시절을 떠올리면 마음이 몽글몽글 벅차오르는 우리의 집이었다.

그리고 우리는 남양주의 아파트로 이사를 했다. 전세로 들어갔던 그 집은 누수도 있고 많이 낡아 쾌적하지 않았지만 좋은 집주인을 만나 마음 편하게 잘 지낼 수 있었다. 15층 꼭대기 층이었던 집 거실 창의 뷰는 작은 숲으로 꽉 차 있어 마치 산속에 사는 듯한 호사를 누렸다. 직장을 관두고 엄마와 오복이의 시간들로 꽉 찼던 그 시절은 구석구석이 행복한 추억이다.

이곳에 집을 짓고 입주를 하기까지 이전 집과의 계약 만기 날짜가 맞지 않아 우리는 한 달 남짓 작은 아파트에 들어가 짐을 풀지도 못한 채 난민 생활을 하듯 버티며 살았다. 가스레인지도 없고 냉장고는 방에 두었고 켜켜이 쌓인 짐들로 문 열기조차 어려웠다. 침대 하나와 식탁 하나가 우리가 둘러앉을 수 있는 최선의 공간이었다. 그저 눈 뜨면 간신히 씻고 먹고 자고 집을 지으며 보낸 시절이지만 우리가 이렇게 많은 시간을 한 공간에서 마주한 적이 있었던가 싶을 만큼 옹기종기 모여 시간을 보냈다. 극도로 제한된 작은 공간은 우리에게 또 다른 즐거움과 추억을 남겼다.

그리고 지금 우리는 각자가, 그리고 함께 원하는 것들을 쌓아 올린 집에서 행복을 위해 노력하며 살고 있다. 마음을 들여다보고 가꾸고 노력한다는 건 집이나 사람이나 마찬가지다. 시간이 흐르고 우리가 다른 곳에 살게 되었을 때 지금 이 집은 우리에게 또 어떤 벅찬 마음의 기억으로 남을지 생각하면 오늘이 귀하지 않을 수 없다.

2022년 가을
김희경

늘 함께했던 풍경처럼 담백하게 자리하는 집

스스로 많은 선택을 하지 않아도 보편적인 삶이 담보되는 아파트에서 벗어나 '우리'만을 위한 집을 짓는다는 것은 누구나 쉽게 엄두낼 수 있는 일은 아니다. 예산 마련은 물론, 무수한 선택지와 그것이 가져올 예측 불가한 결과들까지 오롯이 자신의 몫으로 받아들이면서 헤쳐나가야 할 일이 한두 가지가 아니기 때문이다. 그래서인지 건축가들은 집을 지으려고 하는 이들이 가장 먼저 할 일은 자신이 어떤 사람인지 아는 것이라고 입을 모아 이야기한다. 나는 어떤 취향을 가진 사람인지, 내가 받아들일 수 있는 것과 그렇지 않은 것은 무엇인지, 그리고 새로 지을 집에서 어떤 일상을 누리고자 하는지……. 그런 면에서 보면 '호미네 계절집'의 지훈 씨와 희경 씨는 '나 탐구'가 누구보다 잘 되어 있는 사람들이다. 필요한 것과 그렇지 않은 것에 대한 단호함으로 그들만의 집을 지어냈고, 이제 여기에 자연의 시간과 가족의 일상이라는 켜를 더해 집을 그들만의 '장소'로 만들어가고 있다. 여름의 초입에 선 양평에서 희경 씨를 만나 집 짓기의 짧지 않았을 여정에 대한 이야기를 들어보았다.

집을
짓기로 하다:

땅과 터

집 지을 땅을 찾으면서 중요하게 생각한 부분과 이곳이 마음에 들었던 이유는 무엇인가요?

저는 지금보다 깊은 숲속, 더 고립되고 지대가 높은 곳이었으면 했고, 남편은 큰 소리로 맘놓고 음악을 들을 수 있는 인적 드문 곳이면 좋겠다고 했어요. 아이가 자랄 환경을 생각해 급경사가 있는 곳은 피하겠다 정도만 염두에 두었고 그 밖에는 부지에 직접 가서 땅이 가진 기운을 느껴보며 아늑한 느낌이 있는 곳인지를 주로 살폈어요.
지금의 부지는 바로 그런 느낌을 가지고 있어서 맘에 들었죠. 처음부터 작정하고 부지를 보러 다녔다기보다는 집을 짓기로 마음먹고 3, 4년 동안 짬 날 때마다 찾았던 것 같아요.
일을 놓고 아이에게 집중하고 싶다는 생각이 컸던 때라 종로에 살면 일을 완전히 떠나지 못하게 되고, 방음 문제에도 자유로울 수 없어서 아파트에서 사는 것과 별반 다르지 않겠다 싶었어요. 그러다 양평 일대의 부지를 보았고, 마침 중미산 근처에 지인이 살기도 해서 이곳으로 결정했죠.
딸 오복이가 초등학교에 들어가기 전에 자리를 잡고 싶었기 때문에 아이가 여섯 살 될 무렵부터 본격적으로 땅을 찾아 일곱 살쯤에 이곳에 들어왔어요.

지금의 부지는 어떻게 만나게 되었나요?

처음에는 부동산중개사무소에 찾아가 소개를 받았는데, 땅을 보여주면서 나중에 여기서 무슨 영업을 할 수 있다, 집값이 오른다 등 주로 향후 재산 가치가 높아질 만한 곳을 소개해주는 느낌이었어요. 그래서인지 보여주는 땅이 대로변에 있는 경우가 많았는데, 너무 훤히 드러나 있는 곳은 우리 성향과는 어울리지 않는다고 판단했지요. 양평 지역으로 마음을 정하면서 먼저 이 지역에 살아볼까 하는 생각으로 전셋집을 알아보던 때가 있었는데 그때 이 동네를 처음 알게 되었고, 이 뒷동네가 특히 마음에 들었던 기억이 있어서 주변의 땅들을 찾아보기 시작했죠. 한 부동산 블로그에서 이 근처 매물이 나와 있는 것을 발견했고 와서 보고는 생각보다 쉽게 결정을 했어요. 어찌 보면 우리는 기대치가 낮은 사람들이라고도 할 수 있어요. 어디든지 단점은 있게 마련이니 그 단점이 우리가 감수할 수 있는 것인지 아닌지만 고민했기 때문에 그런 것 같아요.

직선의
정연함 대신
사선의
느슨함으로:

대지가 정형이 아니기 때문인지 집을 앉힌 방식이 독특합니다. 건물의 형태에 대해 특별한 기준과 선호가 있었나요?

배치와
공간 구성

부지의 상황에 맞춰 공간을 구성해가면 된다고 생각했기 때문에 땅을 찾을 때부터 땅 자체의 형태에는 크게 개의치 않았어요. 부지 옆에 구거(국유지)가 있어서 인접한 곳에 다른 건물이 들어설 일은 없겠다 싶었던 것도 이곳의 장점 중 하나였죠. 건축사 님에게 설계를 의뢰할 때 남향과 남동향을 선호한다는 것, 거실을 중심으로 한 방사형 배치가 아니라 공간이 길게 늘어선 구조였으면 한다는 바람을 가장 먼저 전달했어요. 독립성이 어느 정도 보장되는 공간을 만들 수 있다고 생각했기 때문이에요. 면적상 여유가 좀더 있었다면 복도 공간이 제대로 있는 집을 만들고 싶었는데 지금 정도로 만족해야 했죠. 꺽인 사선형의 건물 배치로 데크 등의 일부 공간이 가려졌으면 했던 부분이 바로 이러한 배치로 자연스럽게 이루어졌고 결과적으로 땅과의 어울림도 좋아졌다고 생각해요. 사선을 넣었으면 했고, 가능할지 의문이었는데 오히려 땅의 형태 덕분에 가능했던 면이 있어요. 사선이 생기면서 실내 공간도 자연스럽게 분리되어 좋았어요. 직각이 아닌 것에서 오는 편안함, 공간이 자연스럽게 흘러가는 듯한 느낌과 거기서 오는 재미가 기분 좋게 다가왔어요. 또 한 가지는 현관이 거실 뷰와 겹쳐 밖에서 보았을 때 안이 훤히 드러나는 것이 싫어서 주진입로는 북쪽에 두고 싶었어요. 현관과 마당 간 간섭이 없었으면 해서 주차장과 진입로는 북쪽, 앞마당은 남쪽에 두는 것으로 결정했지요. 해놓고 보니, 남쪽보다는 동쪽을 크게 했으면 더 나았겠다는 생각이 들어요. 사용자 입장에서, 그리고 식물에게도 종일 해가 든다는 것이 좋은 것만은 아니구나 싶더라고요. 하지만 그렇다고 아침 해가 너무 환하게 들어오는 것은 부담스러워서 결과적으로 이런 선택을 한 것 같아요. 부연하자면, 실내를 생각하면 남향의 장점이 크다고 생각하고, 마당 생활을 생각하면 동쪽 공간이 넓은 게 더 좋은 것 같아요. 제가 낮시간에 마당을 지금처럼 많이 즐기게 될 줄 알았다면 이런 부분을 더 고려했을 텐데, 아쉽습니다.

평면 구성에서 주로 고려했던 것은 무엇이며, 구성의 축으로 삼은 공간은 어디인가요?

AV룸과 다이닝 공간이에요. 남편과 제가 각자 가장 중요하게 여긴 공간을 중심에 두고 구조를 풀어갔어요. 대개의 주거 공간에서 다이닝 공간이 주방과 거실 사이 동선에 걸쳐 있는 게 아쉽다는 생각을 해왔는데, 사실 생활하다 보면 가족이 다같이 모이는 곳이 거실보다 다이닝 공간일 때가 많더라고요. 개인적으로 요리에 큰 관심은 없지만 펜던트 조명 아래 모여 앉아 예쁜 그릇들과 따뜻한 차나 술 한 잔을 두고 사람들이 함께하는 풍경을 좋아해요.
집에 들어왔을 때 다이닝 공간이 가장 예뻐 보이는 집이었으면 했기 때문에 주어진 평수 안에서 정말 최선을 다해서 만들었어요. 그래서 가장 많이 고민한 창도 바로 다이닝 공간 창입니다.

공간별로 구성의 주안점이 있다면 소개 바랍니다.

거실의 경우 공간 배치에서는 후순위가 되었지만 둘러앉고 싶은 곳이었으면 했어요. 단 차를 주어 몇 계단 내려가 바닥 면을 만든 것도 사방이 둘러싸여 있는 느낌의 아늑한 공간을 만들고자 했던 것이고요. TV를 거실에 두지 않은 것도 같은 맥락이죠. 침실은 수면을 위한 방의 기능에 충실하도록 간결하게 구성했고, 아이 방의 경우 아이가 아직은 초등학생이지만 이 방에서 성장해갈 모습을 그리며 좀 크게 공간을 할애했어요. 요즘에는 주방을 크게 하는 게 트렌드지만 여기에는 크게 방점을 두고 싶지 않아 꼭 필요한 부분만 넣어 기능적인 공간을 만들었습니다.

특히 신경을 써서 구성한 공간이 있나요?

대개는 수납 용도로 사용하곤 하는 2층 계단 아래에 아이를 위한 공간을 만들었어요. 어른과 함께 있을 때라도 아이들만의 공간은 필요하다는 생각에서 출발한 공간이에요. 예를 들어 엄마가 주방에서 음식을 할 때 엄마와 함께 있지만 아이만의 공간이 될 수 있고, 친구들이 놀러와 함께 식사를 할 때도 유용해요. 아이가 커가면서 사용 빈도가 줄어드는 것을 보고 이제는 암체어를 두어 어른들을 위한 공간으로 만들어볼까 생각하고 있어요.

AV룸에 공을 많이 들였는데, 방 자체의 기능적인 완성도를 위해 특히 신경 쓴 부분은 무엇인가요?

밝기나 느낌을 여러 가지로 만들 수 있도록 매입형 다운라이트에 부분 조명까지 조도를 세분화했어요. 서울을 벗어난 이유 중 하나가 방음에서 자유로워지고 싶은 면이 있었고, 이곳으로 오면서 자연스럽게 그 문제는 해결되었기 때문에 방음은 크게 신경 쓰지 않았어요. 음향의 경우 전문가와 함께 최상의 음향을 잡아내기 위해 공을 들였고 3상전기, 전기 정화기 등 최적의 시스템을 만들기 위해 심혈을 기울였어요.

필요한 공간을 넣고 빼는 과정에서 기억에 남는 에피소드가 있다면 소개해주세요.

처음 남편의 AV룸을 계획하면서 남편과 저의 10센티미터 전쟁이 시작되었어요. 저는 계단 위치를 고민하면서 2층 계단참 부분에 휴식 공간을 하나 더 만들어서 피아노와 의자들을 두어 쉴 수 있는 소담한 공간을 만들고 싶었어요. 의외의 공간이 주는 즐거움에 대한 기대가 있었기 때문인데, 관철시키지는 못했죠. 이런 몇몇 공간들을 포기하고 AV룸에 그 공간을 더하는 것으로 남편과의 넓이 확보 전쟁은 일단락되었답니다.

목조주택을 선택한 이유와 살면서 느끼는 장점과 단점은 무엇인가요?

콘크리트 집의 경우 기본 벽체 두께와 단열까지 제대로 한다면 그만큼 내부 면적상의 손실이 있다는 이야기를 들었고, 몇 센티미터도 아쉬운 상황이었기에 당연히 고려해야 할 일이었죠. 하지만 가장 큰 이유는 나무가 콘크리트보다 건강한 재료라는 점이에요. 기왕에 전원에 산다면 자연스럽게 숨 쉬는 주택이 좋다고 생각했죠. 살아보니 가습기 사용이 필요 없을 정도로 습도 조절이 잘되고 실내 공기를 쾌적하게 해주는 면이 있어요. 아직까지 특별한 단점은 찾지 못했어요.

내·외부 마감 재료는 건축과 공간의 인상을 결정하는 중요한 요소입니다. 재료 선정의 기준은 무엇인가요?

저는 오래 보아도 질리지 않는, 클래식만의 매력이 있다고 생각해요. 작정하고 한껏 멋을 낸 것보다는 자연스러운 아름다움이 있는 재료가 무얼까 고민했어요. 관리 면까지 고려하다 보니 자연스럽게 벽돌로 귀결되었지요. 요즘에는 점토 벽돌을 많이 쓰는데, 저희가 집을 지을 때만 해도 잘 쓰지 않아서 선뜻 용기가 나지는 않았어요.
원래는 지붕을 기와로 하고 싶었지만 유지 보수에 공을 많이 들여야 한다는 점 때문에 마음을 접었어요. 내부 벽 전체에 도장을 하려 했지만 균열 관리와 비용 때문에 주방 입구 아치 부분과 현관 옆 등으로 최소화하고 나머지에는 도장과 유사한 분위기를 낼 수 있는 천연 벽지(자연 재료로 만든 벽지)로 마무리했어요. 질감이 좋아서 선택한 것인데, 마침 친환경 벽지였던 탓에 결과적으로는 비용 절감에 그다지 도움이 되지 못했어요.

벽돌 덱, 타일로 마감한 주방 가벽, 다이닝과 거실 사이 아치형 부분 파티션 등 의외의 디자인 요소와 재료로 색다른 분위기를 만든 감각이 돋보입니다.

벽돌 덱은 처음부터 염두에 두었던 것인데, 관리 측면이나 분위기 면에서 맘에 드는 공간이에요. 소소한 살림 도구들이 드러나 보이지 않도록 싱크 주변에 가벽을 만들고 싶었는데 질리지 않고 오래갈 수 있는 재료가 무엇일까 고민하던 중 다이닝 공간의 분위기와 잘 어우러질 수 있는 색상을 선택했어요.
다이닝과 거실 사이 아치형 파티션의 경우,

공간을 구분하는 디자인을 적용해보고 싶었어요. 공간별로 천장고를 달리 하는 것과 아치 같은 벽 디자인 요소로 구분하는 방법 사이에서 고민하다 벽을 아치 형으로 디자인하면 공간이 더 아늑하게 느껴질 것이라는 기대를 하며 만들었습니다.

빛과
바람의 길:

채광과
통풍

창의 다양한 변주가 특히 눈에 들어옵니다. 창 자체의 형태에서부터 창에 담길 풍경, 창을 넘나들 빛과 바람 등에 대해 세심하게 계획한 것으로 보이는데 어떤 부분을 주로 고려했나요?

창과 벽의 조화로운 비율에 가장 주안점을 두었어요. 적절하게 트리밍한 창에 담긴 풍경이 전하는 감동이 있잖아요. 의도하지 않았지만 뜻밖의 선물처럼 불현듯 다가오는 아름다움이기도 하고요. 산과 나무가 어우러져 계절에 따라 다채로운 풍경을 담을 수 있는 곳에 벽과의 비율을 고려해 창을 냈습니다. 창 자체의 재료 면에서는 알루미늄 창호가 우리 집에는 어울리지 않는다는 점을 염두에 두었고, 부분적이더라도 오르내리기 창호를 넣고 싶다는 것 등 몇 가지 기준을 가지고 있었어요. 북쪽에 낸 창들은 대부분 맞바람을 위해 남쪽창과 마주 보는 위치에 냈어요. 아쉬운 부분은 침실에는 빛이 그렇게 많이 들어올 필요가 없다는 것을 뒤늦게 깨달은 점입니다. 아파트에 살다 보니 북쪽 방의 침침함과는 달리 남쪽 방으로 환하게 들어오는 햇살이 주는 느낌, 남쪽의 햇살을 받는다는 게 정말 좋아서 나중에 집을 지으면 반드시 남쪽 창을 내겠다는 생각을 했어요.

방들을 길게 펼쳐 배치하고 보니 거의 모든 실이 남향이라는 장점은 있는 것 같아요. 향은 좋은데, 가로 창이 아니라 세로로 긴 창을 두어서 빛을 어느 정도 조절했다면 더 좋았겠다는 생각이 들어요.

특히 좋아하는 창이 있나요? 창을 매개로 한 하루 일과, 혹은 계절별 풍경을 그려주어도 재미있겠네요.

어제 하늘이 갑자기 파래져서 마당에 나가 오복이와 사진을 열심히 찍었어요. 그러고 나서 집으로 들어와 거실 암체어에 앉아 창에 담긴 하늘을 보았는데 밖에서 본 하늘과는 또 다른 장면이 눈에 들어왔어요. 보통 거실에 통창을 많이 하는데, 마당의 탁 트인 풍경은 원하면 언제든 밖으로 나가서 감상하면 된다는 생각이 있었어요. 다양하게 분절한 창에 담긴 풍경이 실어나르는 묘한 느낌을 만들고 싶었죠. 초여름, 소파에 누워 저 멀리 산을 바라보면 나무와 산이 레이어를 이루며 창에 담겨요. 각 수종이 전하는 아름다움이 다르고 날씨와 계절에 따른 색감의 차이, 질감의 차이가 신비롭기까지 하죠. 요즘 거실 암체어에서 창을 바라보면 눈에 가득 담기는 밤나무의 모습이 정말 아름답게 다가와요. 밤나무는 새순이 비교적 늦게 돋기 때문에 주변의 나무들은 진작에 짙은 녹색 옷을 입었는데 그 사이에서 뒤늦게 연초록 새 잎을 내며 존재감을 드러내죠. 요사이 제 눈길을 자주 잡아끌고 있어요. 계절마다 독특한 풍경이 있지만 그래도 봄가을이 가장 아름답습니다.

조명 계획에서 주안점을 두었던 부분은 무엇인가요?

대개 매입등을 주 조명으로 하고 여기에 다양한 조명을 부수적으로 더하는 형식으로 하는 것이 일반적이지만 우리는 벽부등이나 펜던트, 스탠드 등의 간접 조명이 주가 되도록 했어요. 매입등을 아예 넣고 싶지 않았지만, 살면서 필요할 때도 있겠다 싶어서 완전히 빼지는 않았어요.

세월의 흔적이 함께하는 가구와 소품들이
새집에 자연스럽게 어우러져 오히려
심도 깊은 공간을 만들어주는 것 같아요.
그 비결이 무엇일까요?

소파를 바꿔야겠다는 생각을 꾸준히 하고 있던 차에 마침 어울린다 싶은 것을 찾기는 했는데, 또 한편으로 생각해보면 지금의 낡은 가죽 소파가 너무 트렌디하지 않아서 좋다는 면도 내려놓기 아까웠습니다. 예쁜 새 소파를 들이면 공간이 너무 예뻐질 게 분명하지만 그게 또 싫은 면도 있는 거예요. 그저 예쁜 거, 너무 작정하고 꾸민 것 같은 게 그리 달갑지만은 않더라고요. 노란 소파를 두고 싶은데 너무 튀는 것은 싫으니 묻혀가길 원하는 마음을 담아 베이지색으로 할까, 이런 것까지 생각하는 건 너무 오버인가 싶기도 하고요. 그렇게 보면 지금의 소파가 우리 집에는 가장 잘 어울린다는 생각으로 다시 귀결되고, 마음속으로만 옥신각신하고 있습니다. 집에 들일 무언가를 선택할 때면 그것이 과한지 그렇지 않은지를 먼저 생각해요. 외장재로 벽돌을 선택하기까지의 과정처럼요. 균형감을 찾으려고 하다 보니 그 안에서 조화가 생기는 것 같아요. 무엇이 되었든 억지스럽거나 어색하지 않았으면 했어요. 처음 이사를 왔을 때는 약간 실망스러운 부분도 있었어요.

아파트에서 주택으로, 어찌 보면 엄청난 변화를 단행한 건데, 계속 같은 소파에 같은 CD장에, 새롭지가 않은 거예요. 물론 이런저런 소품과 식물을 들이면서 소소하게 변화가 이루어지고는 있지만요. 뭔가를 선택할 때 결정을 천천히 하는 편이고 집과 관련해서는 그 자체로 예쁜 것보다는 어우러짐이 좋은지 고민합니다.

우리 집만의 소소한 사치라고 할 수 있는 공간이나 디자인 요소가 있다면 무엇인가요?

의자에 투자하는 것을 아끼지 않는 편이에요. 창과도 연관이 있는데, 좋은 풍경을 담아내는 창 근처에 창과 어울리는 의자를 두곤 해요. 어느 날 문득 거실에 있는 오복이 의자에 앉아 밖을 보았는데, 전혀 새로운 풍경이 눈에 들어오는 경험을 한 적이 있어요. 같은 맥락에서 마당에도 일하다 앉을 수 있도록 그늘이 생기는 곳에 의자를 두었고, 시간대별 풍경을 감안해 집 곳곳에 의자를 두었습니다.

공을 들였지만 결과물이 예상과는 달랐던 곳이 있나요?

오복이 방의 경우 아이가 마음에 든다고는 하지만 너무 크다는 얘기를 해요. 작고 아늑한 방을 원했던 것 같아요. 실링 펜을 하면서 천장고가 조금 높아지다 보니 좀더 크게 느껴지는 부분도 있어요. 개인적으로 천장고가 너무 높고, 2개 층이 뚫린 보이드 공간을 보면 좀 불안하게 느껴져요. 2층집인데 거실에 보이드 공간을 만들지 않은 것도 그런 이유 때문입니다. 오복이도 제 성향을 닮았는지, 다락방을 자기 방으로 만들어달라고 해서 그렇게 바꾸고 오복이 방을 2층 가족실로 활용할까 생각하고 있어요. 저녁식사 후 피아노가 있는 2층 방에서 함께 시간을 보낼 때가 자주 있는데, 아이는 아빠와 함께 피아노 연습을 하고, 저도 옆에 있는 암체어에 앉아 한가로운 저녁 시간을 보내곤 합니다. 그러다 보니 이곳을 가족실로 바꾸어도 좋겠다는 생각이 들어요.

그 반대로 의도하지 않았지만
의외로 느낌이 좋은 공간이 있다면
소개 바랍니다.

복도라고 여기지 않았던 2층의 작은 복도 공간의 경우 작지만 기분 좋은 공간이 된 것 같아요. 복도의 기능적인 장점과 함께 복도 공간 자체가 주는 아름다움을 개인적으로 좋아하는데요, 이 공간이 복도에 대한 갈증을 어느 정도 해소해준다고 생각합니다. 집에 찾아온 이들에게 집 구경을 시켜주면 의외로 아이방과 2층 복도쯤에서 예쁘다는 감탄사가 흘러나오곤 하죠. 그리고 빨간 벽돌 입면에 작은 창들이 아기자기하게 나 있는 북쪽 외관이 기분 좋게 느껴지고 마음에 들어요. 사실 북쪽 창은 오로지 맞바람이 들게 하겠다는 생각만으로 군데군데 창을 넣은 거예요. 외관은 전혀 염두에 두지 않았는데, 결과적으로 작은 창들이 불규칙하게 나 있는 모습이 생각보다 괜찮은 것 같아요.

정원에도 시간과 땀이 녹아든 흔적이 엿보입니다. 어떤 콘셉트로 구성한 것인가요?

사실 마당에 대한 계획은 전혀 없었어요. 마당에서 점점 많은 시간을 보내곤 하면서 식물이 주는 변화무쌍한 아름다움은 어떤 공산품과도 비교할 수 없다는 생각을 하게 되었습니다. 첫해에는 뭣 모르고 완벽한 비주얼을 만들겠다는 욕심과 의욕이 앞서 일년초를 정원 가득 심었죠. 많은 시행착오

끝에 지금의 모습이 되었습니다. 물론 전문가를 따라갈 수는 없겠지만, 자료를 찾아보고 공부하며 시간과 공을 들이면 내가 그리는 대로 된다는 것이 너무 즐겁고 재미있습니다. 처음에는 무모하게 덤볐다면 조금씩 알아가게 되니 오히려 하고 싶어도 하지 않게 되는 것들이 생겼어요. 이제는 할 수 있는 양만큼만 하고 있죠.

집은 가장 사적인 공간이지만 한편으로 주변 지역 혹은 동네에 공적인 존재로 자리하는 면이 있어요. 이 집이 이 동네에 어떤 모습으로 스며들기를 바라나요?

이웃들의 마음을 불편하게 하지 않는 집이었으면 해요. 처음에는 마을과 어울리지 않게 집이 지나치게 커 보이는 것 아닌가 싶어 마음이 불편했어요. 자연의 일부인 듯, 눈에 띄지 않는 집이었으면 했거든요. 집보다 큰 나무들이 있는 집이었으면 했는데, 결과적으로 그런 모습은 아니긴 하죠. 예전부터 오래된 교회 같은 집을 짓고 싶었는데, 동네 분이 공사하는 것을 와서 보시며 교회를 짓는 줄 알았다고 얘기하는 것을 듣고 내심 기분이 좋았습니다.

의미 없었던 공간에 다채로운 서사가 더해지면 그곳은 특별한 '장소'가 됩니다. 이 집이 가족에게 어떤 장소로 남았으면 하나요?

무엇이든 낡아도 관리가 잘된 것이 주는 기분 좋음이 있다고 생각합니다. 아끼고 돌본다는 느낌 때문 아닐까 싶어요. 제가 남편의 취향을 존중하고 좋아하는 가장 큰 이유는 소비 패턴은 다르지만 굉장히 아끼고 꾸준하다는 점이에요. 처음부터 끝까지 항상 새것처럼 사용할 뿐 아니라 취향도 잘 변하지 않고 오래되더라도 가치를 동일하게 인정하고 함께하는 모습이 멋있게 느껴지거든요. 저와 달라서 매력을 느끼는 부분이기도 하고 닮고 싶은 점이기도 합니다. 같은 맥락에서 저는 우리 집이 눈에 띄게 변하기보다 애정하는 손길이 꾸준한 공간이었으면 합니다. 시간이 흘러도 정성스러운 손길을 받는 공간, 시각적인 불편함을 주지 않는 집, 풍경에 녹아들어 늘 담백하게 자리하는 집이길 바랍니다.

집이라는 소중한 세계
호미네 계절집

초판 1쇄 발행
2022년 11월 23일

펴낸곳
(주)안온북스

펴낸이
서효인·이정미

출판등록
2021년 1월 5일 제2021-000003호

주소
서울시 마포구
월드컵로14길 28 301호

전화
02-6941-1856(7)

홈페이지
www.anonbooks.net

인스타그램
@anonbooks_publishing

인터뷰·편집
정효정

디자인
텍스토
www.textor.kr

제작
제이오

ISBN
979-11-92638-01-0 (03810)

사진
김희경·이지훈 외
p 121, 154, 176 사진 제공
(주)신세계까사(photograph by 임정현)